大爱无疆

长篇纪实文学

全国优秀共产党员李培斌先进事迹

王兴德 ◎ 著

山西出版传媒集团　北岳文艺出版社
BEIYUE LITERATURE & ART PUBLISHING HOUSE

图书在版编目（CIP）数据

大爱无疆 / 王兴德著．一太原：
北岳文艺出版社，2016.6
ISBN 978-7-5378-4785-8

Ⅰ．①大… Ⅱ．①王… Ⅲ．①传记文学－中国－当代
Ⅳ．① I25

中国版本图书馆 CIP 数据核字（2016）第 113170 号

书名：大爱无疆	著者：王兴德	责任编辑：马　峻
		书籍设计：张永文

出版发行：山西出版传媒集团・北岳文艺出版社
地　　址：山西省太原市并州南路 57 号
邮　　编：030012
电　　话：0351-5628696（发行部）
　　　　　0351-5628688（总编室）
传　　真：0351-5628680
网　　址：http://www.bywy.com
E - mail：bywycbs@163.com
经 销 商：新华书店
印刷装订：山西人民印刷有限责任公司

开　　本：700mm×1010mm　1/16
字　　数：110 千字
印　　张：9.25
版　　次：2016 年 6 月第 1 版
印　　次：2016 年 6 月山西第 1 次印刷
书　　号：ISBN 978-7-5378-4785-8
定　　价：25.00 元

目　录

第一章 李培斌小传

一个人故去了，有关他的一切，或将在时间的长河里慢慢消逝。但是，总有一种精神织写的大爱，如精忠贯日，让浩气长存，超越时空。

是的，人是不在了，但他用忠诚与信仰织就的亮色，无私与奉献书写的正气，精神与佳绩织就的伟业，长存人间。

李培斌，汉族，山西大同阳高县人。1965 年 9 月出生，1984 年 7 月参加工作，1990 年 11 月加入中国共产党。历任阳高县马家皂乡农业技术推广员、司法助理员、龙泉镇司法所所长，阳高县信访服务中心主任。

李培斌从事司法行政工作三十年，先后成功调解矛盾纠纷数千起，化解群体性事件上百起，感化教育六十多名刑释解教人员迷途知返，挽救了五十多个濒临破裂的家庭，使三十多位受遗弃的老人得以安度晚年。由此，他先后多次受到国家、省、市的表彰，曾获得大同市首届道德模范、山西省优秀共产党员、山西省五一劳动奖章、山西省先进司法所长、全国模范司法所长、2012 年 CCTV 年度法治人物"年度特别贡献奖"等多个荣誉称号。2012 年 5 月，李培斌光荣当选中国共产党第十八次全国代表大会代表。2013 年，李培斌作为山西省唯一的基层代表，列席了中国共产党十八届三中全会。2015 年 10 月 15 日 6 时 40 分，李培斌因连续工作、劳累过度，突发心肌梗死不幸去世，年仅五十岁。

李培斌有着对党忠诚、牢记使命的政治品格。他时刻想着自己是党的人，始终把党的事业放在心中最高位置。在基层民事调解岗位上，在长年累月的奔波中，他用心维护着基层党员干部的形象，用情赢得了群众对党和政府的信任。有人说："他是党的'乖孩子'，党叫干啥就干啥，党不提倡的、党反对的，哪怕一丁点儿错误他也不会犯。"当选为党的十八大代表后，他对自己要求更高也更严。行走在大街小巷，魁梧的身板挺得笔直；对上对下，与领导群众交往，他都很谦逊，满脸真诚的微笑，听到对党不利的言辞，他总是和颜悦色地引导。李培斌说，"苦不可怕，穷也不丢人，当了共产党的干部，给共产党丢人才可怕，不给老百姓办事才丢人。"

李培斌有着一心为民、心系群众的公仆情怀。"有事情，找培斌"，是阳高大地家喻户晓的口头禅。李培斌始终把群众装在心中，时时处处关心群众疾苦，想方设法帮助群众解决难题，用真情赢得群众信任。群众把他当作亲人和依靠，有困难首先想到的是他，有喜事也会及时告诉他。李培斌在阳高，"群众都点赞，三十年无差评"，人们都说他人好，即使问题没有完全解决，那份热心肠也让人感动。他摸索总结的"人民调解十法"，已成为山西司法系统人民调解工作的"活教材"。他还作为山西省的唯一代表，当选为中华全国人民调解员协会第三届理事。

李培斌有着恪尽职守、迎难而上的担当精神。他把自己从事的民事调解工作当作自己的人生事业，倾情投入，急事难事冲在一线，工作不分分内分外，没有节假日，没有上下班。危难关头，李培斌总是挺身而出。从县里到乡里，有了特别难缠的事情，领导们总会第一个想到李培斌，而李培斌总能不辱使命。矛盾调处过程中，经常会出现惊心动魄的场面，出现许多极其危险情形，一起参加调解的干部劝李培斌注意安全，不要动不动就冲上前，小心伤了自己。而李培斌却说："不怕，我打头，你们跟在我后面。"

李培斌有着淡泊名利、严于律己的道德情操。他对工作任务十分上心，对群众利益十分关心，对自己的地位、利益、荣誉却看得很淡，从来没有向群众要过钱物。他是人们公认的能耐人，但自己的生活却一直清贫困顿。他给许多信访人员解决了难题，帮助不少刑释解教人员落实了生计，而他的妻子多年来工作始终没有着落，一直靠打临时工，挣点微薄的工资。他的女儿出嫁新疆半年多，办"回门"的糕面也买好了，可一直没有时间办，女儿给他打电话，他总是说"正忙着，你回来再说吧"。没想到，婚礼上的嘱托竟成了父女的诀别。

李培斌的一生，没有什么豪言壮语，也没有惊天动地的壮举，但他做的每一件事都能让人体会到共产党人的崇高境界和坦荡情怀。

2015年11月，中华人民共和国司法部追授李培斌"全国司法行政系统一级英雄模范"荣誉称号，并做出向李培斌学习的决定。

2016年2月，中国共产党中央委员会组织部追授李培斌"全国优秀共产党员"荣誉称号。

2016年3月，中国共产党中央委员会宣传部追授李培斌"时代楷模"荣誉称号。

李培斌在龙泉镇司法所

第二章
大爱无疆

老百姓的眼泪慷慨，也很金贵，就
看是对谁。这里的老百姓愿意把泪洒给
他，把心掏给他，用口为他铸碑！

"民调战士"
李培斌

第一节　生命绝唱

2015年11月1日14时10分，一辆灵车缓缓由大同市区驶入阳高县。早已在路上等候的三十多辆私家车，自发加入护灵车队。车队如龙驶入县城，大街上行驶的机动车、自行车等主动让路。骑车人肃穆而立。街道两侧，数万老百姓排成长龙，洒泪相迎。

泪水沾湿了人们胸前的白花。出租车鸣起长笛，一声声像是阳高人深情的呼唤……

归来吧！归来了！

灵车上载着覆盖着鲜红党旗的骨灰盒，归来的是阳高人心中的"好党员、好干部"——李培斌的英灵。

2015年10月15日6时40分，党的十八大代表、大同市阳高县龙泉镇司法所所长李培斌突发疾病，他的生命永远定格在那一刻，年仅五十岁。

噩耗传回大泉山，传回阳高县，沉痛的气氛立即在阳高城乡弥漫开来。对英雄的哀思，对英雄的缅怀，在阳高上空弥漫，在阳高大地回荡。

泪，像雨一样飘洒，凄凄沥沥；雨，如泪一般倾诉，揪人心肺！

"培斌啊，你答应等我死后送花圈，怎忍心让白发人送黑发人！"龙泉镇富贵村七十九岁的农妇袁桂茹，撕心裂肺，号啕大哭。

"多少壮志还未酬，英年已随西鹤游。辉煌事迹史上留，伴君只剩一坟丘。"多年好友同事李海泣泪作诗。

"抢天哭地，英灵长在；椎心泣血，风雨同悲。"

"常言说，好人长在，可为什么你却匆匆离开？"

"英年早逝，苍天当哭，民有疑难可问谁？"

"你听到听不到？我连续呼喊你的名字……你知不知道？阳高百姓盼着你，等着你！"

……短信、微信、微博、贴吧，追思悼念李培斌的诗文犹如潮水，宣泄着人们心中的悲痛，表达着人们的无限敬仰和无比崇敬。

新华社、《人民日报》《光明日报》《农民日报》《法制日报》，中央电视台新闻联播、焦点访谈栏目，《山西日报》，山西广播电视台及各大网站，纷纷以较大篇幅对李培斌的事迹做了报道。

"一米八的个子，壮如铁塔，怎么说没就没了？"友宰乡代理调解员、大学生村干部梁龙哭泣着念叨。

"李所长实在太忙了！吃不上饭是常有的事儿……我常常跟他讲，您中午把手机关了打个盹儿，他无论如何都不肯，结果每次刚迷糊一会儿就被电话铃吵醒。"李培斌的徒弟、龙泉镇司法所司法助理员鲁学虎抽噎着说，"他是累死的……他是为老百姓累死的……"

龙泉镇道北养猪场的老孙泪流满面。李培斌去世前一天下午3点，他给正在市里参加司法培训的李培斌打电话，说前几天，一位邻居和他

心中有爱，是人生最美的风景。——李培斌

闹纠纷，"我气不过，就拔了他家地里的苗。"李培斌说双方千万都不要过激，我一回去就先调解这件事。可万万没想到，这竟成了一个永远不能兑现的"约定"。"李司法，你怎么不管我的事，说走就走了呢？"

原山西省司法厅厅长王水成含泪写道："我和培斌约好的，等着他能当选党的十九大、二十大代表呢……他怎么就这么走了呢？"

如今古稀之年、曾为马家皂党委书记的高涛是李培斌的入党介绍人，听到李培斌殉职的噩耗，他不顾年迈，让儿子开车拉着他，亲自去市里参加李培斌的吊唁。他说，李培斌的感人事迹很多，像夏天院子里树上挂满的大红杏，三天三夜也摘不过来，说不完。

山西省司法厅社区矫正处处长李君叹息："想一想，培斌留下了那么多，而我们又能留下什么呢？"

网友"星际导弹"说："在十八大代表中，有一位代表叫李培斌；在阳高县的光荣榜中，有一位最美党员叫李培斌；在龙泉镇百姓的心里，有一位好人叫'李司法'。他的工作没有上下班，百姓的炕头、田间，沉沉夜幕中，炎炎烈日下，到处都有他的身影。他是民情的活字典，他是一方社会安宁的定海神针。"

阳高是"二人台艺术之乡"，由县二人台剧团走出去的阿宝现在是红遍神州的大明星。阳高县二人台研究会曾以李培斌的事迹编写二人台剧本《党培斌》。然而，《党培斌》还未及编排，真正的主角却英年早逝。他们已将剧名改为《李培斌》，希望通过艺术的形式，留住李培斌的精神，把他的事迹传唱到城市乡村、街道厂矿……

大同市知名学者赵忠格，是从李培斌那个村子走出来的。赵忠格比李培斌大十几岁，但俩人交情特别好。得知李培斌殉职的消息，老赵流着泪对家人说，他希望百年之后埋在村里头，就埋在李培斌的墓旁，在另一个世界好有个说话的伴儿。

李培斌的母亲裴进莲已年过七旬，李培斌去世后，家人向她封锁消息。"二明虎（李培斌小名）天生是党的人，公家人，大伙的人。"老人平时一想儿子，就喜欢这样念叨。"哎，我的二明虎不要我了！"10月25日，老人又一次拨打李培斌的电话，可是仍旧无法接通。"妈，不是跟您说了嘛，二哥出远门了！"一旁的女儿赶紧安慰她。老人至今不知道，她最惦记的二明虎，永远不能再接听她的电话、永远不能再喊她一声娘了。

李培斌的家人怕老人受刺激，不愿让她知道李培斌的死讯，还情有可原，可以理解，不可思议的是，马家皂乡安家皂村一个叫吕福的村民，竟然也不敢让自己的老母亲知道李培斌走了，生怕老人承受不了打击。前些年，吕福老母亲生病住院，吕福忙不过来，李培斌便白天工作，晚上跑到医院守在老人床前陪侍。时间久了，老人对李培斌依赖感特别强，把他当作自己的亲儿子看待。他跟村里人说："培斌比俺的亲儿子还亲呢！"

古城镇菜农何存爱，听说李培斌突然离去，心如针扎。"俺这几年蔬菜生意红红火火，都是培斌的功劳。是培斌出面调解了土地种植引发的纠纷，又帮俺建起了大棚。"何存爱送过烟、送过钱，可李培斌都不要。吃水不忘打井人，他便想了一个主意，开了一辆大卡车，将八万斤绿油油的大白菜，拉到李培斌的出生地赵石庄村，希望把这些菜分送给村里的乡亲们，以表达他对培斌的怀念和感激。

灵车在阳高街头慢慢移动，人们也跟着灵车一点一点向前挪动。他们都想再多陪李培斌一程，多跟李培斌说说话儿。大家都对李培斌恋恋不舍，不愿停住跟随他的脚步。

李培斌，一个小小的基层司法所所长，他到底为这片土地留下了什么，能牵出阳高人无尽的泪雨？

人心之中有天平，这天平总向着一心为民办实事谋利益的人倾斜。

阳高人对李培斌爱得深，是因为他为这片土地付出得多、奉献得多……

百姓的眼泪慷慨，也很金贵，就看是对谁。阳高的老百姓愿意把泪洒给他，把心掏给他，用口为他铸碑！

不，他们是在给一个真正的共产党人、给他们心中的共产党员树立高大的心碑。

生命的最后时刻

李培斌的亲朋好友，为我们还原了他生命之火燃烧的最后时日：

10月12日早7时，他到龙泉镇党代表工作室整理调解档案；8时——

李培斌下乡途中

13 时，在县信访中心接访；午饭后调解纠纷到 19 时；未吃晚饭，赶往阳高县火车站处置一起群体事件，一夜未眠。

13 日早 7 时，他安排徒弟鲁学虎登记来访群众；8 时—12 时 30 分，在县信访中心接访；午饭后整理记录；15 时，接手一起财产损害案，他与民警一起调解，19 时 30 分，当事人双方达成调解协议。20 时回家，为全市"我为大同发展献一策"活动建言献策准备资料。

14 日早 6 时 40 分，他从街上提回家一碗豆腐脑，催嘱正要急着出门的妻子杜润梅当面趁热吃下豆腐脑；8 时，到党代表工作室安排徒弟鲁学虎的工作。9 时走出门，又返回叮嘱鲁学虎："突发事要先'灭火'，千万甭让事态扩大，难缠纠纷要先稳住，等我回来……"

14 日上午 10 时许，李培斌、梁龙等八人登上开往大同的客车。车上李培斌接了一路电话，电话都是老百姓打的，说的全是难事儿。中午他和梁龙同住培训地 120 房，下午参加培训。晚饭后八人集中到 120 房，研讨社区刑释人员矫正问题，李培斌先讲，然后大家讨论。21 时，房间安静下来，李培斌仍无睡意。他说要为大同发展建言献策。他问梁龙："信访工作有啥好建议？农民增收、农家子女就业有啥好点子？"两人聊到 22 时多。李培斌说："我再想想，你先睡，我睡觉打呼噜，你睡着我再睡。"

15 日 6 时 40 分，李培斌洗漱后坐在床上刮胡子，突然一头栽到床下。梁龙急忙喊人，赶来的人把李培斌抬到床上，呼叫、找药、打电话，120 救护车很快赶来，但李培斌却永远闭上了眼睛。

忙碌的生活节奏

李培斌身材高大，嗓音洪亮，在人们的印象中，根本不像有病之人。但实际上，早在十多年前，他就患上了严重的高血压，一直在带病工作。

李培斌的工作一直像绷紧的发条。他有个不成文的规定，案件不分大小，每一件都要在党代表工作记录簿上仔细写明。谁来找，有啥事，想咋办，该找谁，咋答复，一一填写完整，从不遗漏。

龙泉镇司法所窗台上，一本深褐色的 2015 年《信访案件记录》，客观地记录了李培斌的日常工作。让我们随机选取几份：

6 月 9 日，王某反映：村北土地被征用，对补偿标准持有疑义。处理结果：详细解释了实际情况和补偿标准。被接待人评价：接待热情，办事诚心。

7 月 25 日，吕某反映：其子在外打工，患尿毒症，已婚，两子，住房困难，申请廉租房。处理结果：非城镇户不享受廉租房政策，协商由镇里维修现住房。被接待人评价：救济到位。

8 月 29 日，赵某反映：黑水河水涨淹没农田四十亩，并沉积大量泥沙。处理结果：镇里已准备十多辆推土车，近期将地里泥沙清走。被接待人评价：处理适当、及时。

9 月 15 日，马某反映：借李某现金，归还利息时发生纠纷。处理结果：协调一次性归还十二万元。被接待人评价：处理满意。

多年来，化解矛盾纠纷就是李培斌的生命组成。老百姓那一句句"热情、到位、及时、满意"的背后，是他日复一日、年复一年的勤勉工作，是他青春的付出和病患的加重。

"李司法"是群众送给李培斌最亲切的称呼。李培斌虽然早就带个"长"字，但实际上，除了徒弟小鲁外，所里并无更多力量，大量的工作都需要他亲自做。小鲁说，百姓没有上下班概念、发生纠纷没有节假日，他的手机二十四小时开机，只要百姓有需求，他总是第一时间赶到。

　　全天候工作，怎么能不苦不累？

最后一案

　　还是让我们从李培斌调解的最后一案说起吧。这一案，已经成了李培斌这位扎根基层三十年的司法所所长的最后绝唱。

　　这天是 2015 年 10 月 13 日。

　　是日下午，李培斌像往常一样开始接待上门群众的工作，一名年长的老人带着自己的姑娘走进调解室。"是李所长吗？我是咱尉家小堡村的，姑娘女婿打架，惊动了人家公安局，现在女婿让带走了，我们想请您看看这事儿咋办。孩子们小，不懂事，以后还想在一块过日子呢！"老人边说边拽住了李培斌的袖口。

　　"大爷，您慢点说，我给咱理一理。只要孩子们真心想过，一切都不晚。"拉着老人，李培斌不停拍打对方的手背。

　　安抚好老人，李培斌又把目光转向躲在墙角、始终不敢说话的姑娘。"快进来坐下，姑娘，不用怕。人生就像一根曲线，恋爱甜蜜期一过，就是矛盾高峰期，这时候有点过头，只要感情还在，啥都好商量。"

　　一番安慰后，姑娘终于道出了实情。原来是小两口最近犯起了疑心病，都觉得对方没把自己放在心里最重要的位置，争论中由言语冲突发展到肢体冲突。两家大人得知情况后，也不由分说卷入其中，最终导致男方怒砸女方家车辆，被公安机关刑事立案。

一听是这么回事，李培斌当即电话通知男方家人来司法所面对面调解。而听闻李培斌出面，男方家人更是毫不犹豫地来到司法所。

"孩子们有矛盾，咱们做家长的就得像白面和水蒸馒头，一定得揉合，不能再火上浇油，否则越帮越乱，到时只会害了孩子。幸好这次没有啥大事，不然谁也救不了咱孩子。"李培斌点到了家长们的痛处。

"姑娘已经后悔了，我们做大人的，的确是考虑不周全呀！"女方家人率先向李培斌表态。

"人家女方都不计前嫌了，咱们男方也大度点，孩子们好，不是咱们做长辈的最希望看到的嘛。"李培斌的动员一刻都不敢停。

"啥也不说了，为了孩子们，我们听您的，您就尽管做主。"男方家人的心结终于被打开。

双方的握手言和，让李培斌意识到与公安机关交流的时机已经成熟，很快，办案民警被李培斌邀请到司法所。民警说："李所长你来主持调解，我们首先就有了一份信任感，知道这事肯定不会再有其他次生矛盾，案结事了是您的强项。等我们履行完必要手续，马上解除对当事人的羁押。"

眼看事情顺利解决，李培斌将双方家长仍在畏畏缩缩的手牵在了一起。走廊里又传出了李培斌爽朗、豁达的笑声。

"群众利益无小事，小事不调成大事。群众有怨气，只能对干部释放，我们都得热情接待。老百姓心里顺当了，基层就稳当了。"李培斌这样认为。

第二节　心中有党

有部电视剧叫《身份的证明》，讲述的是一个叫瞿皓明的共产党员，用其一生的信仰为自己证明身份的故事。作为我军情报人员的瞿皓明，其真实身份是解放军二野川南情报员。他在新中国成立前打入了国民党某军情报处，不畏艰险为我军提供了极有价值的情报，并且促成了所在城市的和平解放。然而，当五星红旗在天安门广场上高高飘扬时，瞿皓明的公开身份还是国民党第92军情报处副处长。更遗憾的是，斗移星转，时过境迁，瞿皓明唯一的领导杨剑峰已经牺牲，唯一的助手刘杰又去了台湾，能证明他真实身份的人证、物证都没有了，自己共产党员的身份无法得到证明。为了澄清自己共产党员的身份，瞿皓明在此后四十七年中历经磨难……一生始终恪守"我是一名共产党员"的信念，拒绝接受"起义人员"的身份。直到20世纪90年代，瞿皓明曾经的助手刘杰以台商身份返回大陆，一个可以证明瞿皓明当年真实身份的人证出现了。

整整四十七年，瞿皓明用一名共产党员的行为和信念，为自己的一生做了最好的证明。这个故事的主人公瞿皓明对信仰的追求，对共产党员身份的看重无不令人感动。

李培斌，就是一个像瞿皓明一样对共产党员身份看得特别重的人。在李培斌看来，牢记自己的第一身份是共产党员，既是告诫，也是警醒，更是鞭策。"共产党员"四个字，称号光荣，分量沉重，使命崇高，责任重大。这是一种荣誉，更是一种要求，一份责任。

党代表工作室

阳高县龙泉镇办公楼一层东侧，有一间办公室门上挂着个牌子，上书"党代表工作室"。

这是党的十八大代表李培斌的办公室，也是龙泉镇司法所的办公场所。

工作室的办公桌上，摆着一张放大的中国共产党第十八届中央委员会第三次全体会议留念照片，两面小五星红旗上别着他参加过的各种会议的证件，桌上放着一个血压计，几盒降压药，还有他的名片。名片背面是他的人生格言："心装百姓事，胸怀为民情"。

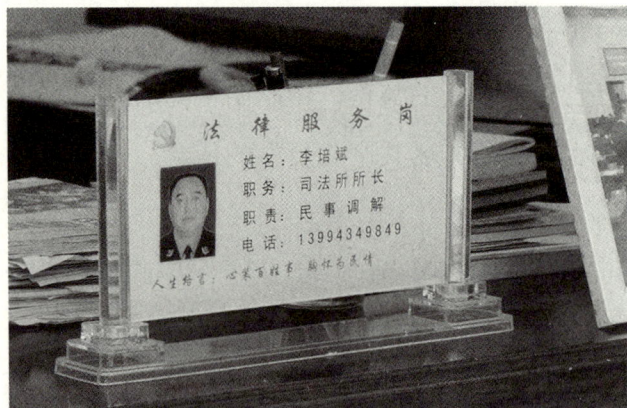

办公桌前的岗位标识

办公室墙上

有一幅贴画，"忍让谦和"四个大字下，分别有一句对应诠释："忍"，退一步天高地阔，让三分心平气和；"让"，敬君子方显有德，远小人不能无能；"谦"，能受苦乃为志士，肯吃亏并非痴人；"和"，静坐常思自己过，闲谈莫论他人非。

李培斌的徒弟鲁学虎说："这张贴画，是师傅从地摊上花三块钱买的。他时常跟我说，只有自己先做到了，才能以此开导劝解别人。"

2015年6月9日，龙泉镇的老王心急火燎地来到李培斌的工作室："我的地被征用了，咋才给了这么点钱？"

"老王，别发火，坐下慢慢聊。"李培斌给老王倒了一杯水。老王把事情前前后后一说，李培斌明白了。原来，老王因对城建征收政策不清楚，到李培斌的党代表工作室寻求答案。李培斌把征地补偿方案找来，一条一条给老王解释。李培斌解释得仔细，老王听得认真。

"原来是这样啊！我明白了，谢谢李代表！"老王高高兴兴地走了，李培斌把这件事写在了《信访案件记录》上。

处理完老王的事情，李培斌吃了两粒降压药。他有些疲倦，但还是骑着摩托车出了门，他要去调查村民老吕的事情。

前几天，老吕到他的工作室反映，他儿子在外打工，患上了尿毒症，家里陷入了困境。

站在老吕的院子里，看到破旧的房子，几乎已经不能住人，遇上下连阴雨，更是危险，李培斌的心情沉重起来。

"老吕，你家的房子，我一定帮助解决。但是你要求申请的廉租房，估计不行，因为你不是城镇户口。"李培斌走进房子里，对房子拍了照片。

"能把房子修好，我就感谢不尽了！你看看这一大家子，老老小小，没有个安身窝，真的不行啊！"老吕很感动。李培斌联系到镇里的有关部门，老吕的房子很快得到了维修，老吕一家终于有了一个安全的住所。

2015 年 8 月 29 日，村民老赵来到李培斌的工作室反映，黑水河水涨淹没了他家的农田四十多亩，沉积了大量泥沙，四十亩地完了。老赵一边向李培斌述说，一边落泪。土地是庄户人的命根子啊！李培斌马上骑上摩托车，与老赵一起去了地里，实地查看。事情与老赵说得一样，满地泥沙，满地石头，四十多亩农田变成了废地。

"老赵，你放心，这件事我一定向有关部门反映，你的四十亩地不会荒，明年你继续种，肯定会有收成的！"

不久，镇里就调来了十多辆推土车，把老赵地里的泥沙做了彻底的清理。看着自己的地又能种庄稼了，老赵笑了，李培斌也笑了。

到"告状村"蹲点

从一参加工作，李培斌就把自己的一切交给了党。1988 年 1 月，李培斌从友宰乡调到马家皂乡，这年他二十三岁，刚刚写了入党申请书。时任乡党委书记的高涛发现这个年轻人追求上进，脑筋好，点子多，手脚又勤快，便有意培养他。

在乡里安排蹲点村干部时，李培斌主动向乡党委提出要去龙池堡村蹲点。龙池堡村是一个远近有名的"告状村"，全村三十九名党员，有二十七名长年告状。乡里很头疼，年年换支书，情况不见好转。当时就有人劝他，龙池堡村情况很复杂，你一个年轻人最好别去，不要给自己

入户了解社情民意

找麻烦。可年轻的李培斌毫不犹豫坚持要去。

乡党委批准了他的请求。李培斌进村后，吃派饭，住在农民家里，跟着农民下田里干活，晚上一家一家串门子，坐在大土炕上和村民拉家常，听他们讲掏心窝的话。他又跟一个个党员呱嗒，让他们出点子。

党员告状，多是因为谁当了村支书，谁都跟大庙的关老爷一样"手拿大刀面朝南，威风一天是一天"。做事自作主张，办事不公，生产落后，群众没盼头，党员更着急。

谁能担起村支书这个担子？女党员、妇联主任张仲秀。村民都说她性格温和，跟人打交道实在。李培斌把张仲秀与其他党员对照观察，发现她办事挺有把"刷子"，打算向乡党委推荐张仲秀，村里有几个人知道后说："骡马上不阵，女人不顶用。"李培斌就把这几个人叫到一起，给他们讲女红军、女八路的故事，几个人听了说："反正也找不出个合适人，那就死马当活马医吧！"

乡党委对李培斌的建议很重视，又派出两名党员干部，了解张仲秀和村里人们的反应，很快就调整了村党支部班子，任命张仲秀当了村支书。

班子调整到位后，李培斌鼓励张仲秀放开手脚干事，搞村务公开，大事党员、村民代表开会商量，田地里打了机井，引进了优良品种，三分田种经济作物，七分田种粮食，当年全村粮食大丰收，经济作物也挣了钱，党员、群众拧成了一股绳，再没有人顾上告状了。

几年后的1992年，龙池堡村党支部被评为先进党支部，别的村也来参观学习，张仲秀当选了马家皂乡副乡长。李培斌的工作方法和作风也被群众传为美谈。

再后来，接任村支书的是张仲秀的丈夫王元，他大胆按照三比七的比例种植经济作物，使村民收入显著增加。后又打了两眼深井，群众安居乐业，村里一片祥和，村党支部一跃成为全县的先进党支部。村干部和村民说，走路常念开路人，什么时候我们也不会忘记那个叫李培斌的后生。

而李培斌，也因为表现出色，在1990年11月30日，以一滴新鲜血液，注入了党的肌体，成为一名光荣的中国共产党党员。

那几天，李培斌抑制不住内心的激动，那张平素特别严肃的脸，仿佛镀了一抹明艳的金色，闪闪发亮。因为，那是他从心里溢出的最幸福的光彩。

"不能死一个人"

1995年秋，大同地区遭受了几十年不遇的严重涝灾。

那时候，马家皂乡绝大多数人家住的还是长达几十年的土窑洞，最怕长时间的雨浸，连续十天不停地下雨，村民们心急如焚。

李培斌当时正在马家皂乡安家皂村蹲点。天灾不怕，绝不能窑塌死人！白天他带领村干部冒着雨，穿梭在泥泞的街巷里，晚上巡查危旧窑洞裂缝和受损情况，帮助村民在窑顶上盖塑料布，用粗木棍、厚木板支撑窑洞内壁，窑洞挂面也都用木头斜顶住，以防坍塌下来。十多天来，他没有睡过一个囫囵觉，没有好好休息过一天。

天晴后，雨水浸过的窑洞危险很大，如果处理不好，仍然会出现窑倒死人的事。李培斌带领干部、党员东家出西家进，逐户查看，加固防护，就这样没明没夜一直持续了近两个月。村里有几户老人，儿女都不在身边，老人们自己上不了窑顶，没人帮着苫窑顶，李培斌就和几位村干部帮助苫窑顶，白天查看，晚上就住在这几户老人家里。

在李培斌忙着救灾的日子里，妻子孩子租住在马家皂村的土窑洞，也面临着倒塌的危险，但李培斌只回过一次家，他和妻子简单处理了一下租住的窑洞，又赶紧返回安家皂村。雨停后，马家皂村委会提出先给他住的土窑洞修缮一下，李培斌坚决不让。他说，村里这么多遭灾的人

李培斌向辖区内的农民们讲述参加十八大会议的亲身感受

家，还是先帮助那些更需要帮助的人吧。直到安家皂村所有土窑洞都脱离险情，他才回到家里。

妻子抱怨说："你这人也太共产党员了，只顾别人，对家里不管不顾，也不怕我们娘儿几个压死在窑洞里啊？"李培斌挠着头说："下了这么多天的雨，遭了这么大的灾，还是救灾要紧，家里的事只能委屈你了。"

化解浇地风波

2005 年一天午夜，李培斌在马家皂村的土窑洞里已经入睡，忽听门外有人急慌忙乱地喊："老李快起来圪哇！老李快起来圪哇！"李培斌急忙起来，开门一看，原来是马家皂村干部老贾。

李培斌看他那慌里慌张的样子，急忙问："咋啦？"老贾着急地说："赶快走圪哇，赶快跟我走圪哇！迟了怕要出人命圪拦！"（圪、圪拦：当地土话语气词。）

李培斌腿长步大，顾不上跟在后面的老贾，独自风急火快地冲进村委会大院，就看见上百名村民，红高粱一般齐刷刷聚集在一起，其中有一个"二杆子"村民正举着一把铁锹在对面一个村民头上挥来晃去，随时都有劈下去的危险，李培斌大喊一声"住手"，三下两下拨开人群，冲到前面，用胳膊把"二杆子"手里的铁锹架住。

"打人是犯法，出了人命怎么办，你要坐禁闭！"李培斌厉声呵斥，硬生生夺下"二杆子"手上的铁锹。

"大家都不要吵了，更不要再动手打架闹事，咱今天就说浇地的事儿，大家伙都说说。"李培斌耐心劝解。

　　原来，这一年旱象严重，入夏以来，滴雨未见。看着自己地里的庄稼打蔫萎缩，哪个村民不心疼，它们也是自己的孩子呀！而村里包井的村民却浇"面子水""人情水""贿赂水"，一下子激怒了浇不上水的村民。

　　村民你一言、我一语诉说着原委。一些人指责水井承包人耍滑头，谁和自己关系好，他就让谁先浇，还不时抬高收费，浇地没了规矩，好多人家浇不上地。

　　李培斌让村干部从全村十个小组中每组叫一个敢说公道话的人，和村干部一起商量浇地的事儿。一位年长的村民说："培斌，我们信你，你就帮大家拿个主意吧。"李培斌说："水从门前过，不浇义不过。可是，凡事总要讲个规矩，我建议从机井的第一块地起头，一家一家往下浇，不能漏掉一户，再安排几名村干部，昼夜轮流值班，维护浇地秩序。"

　　包井村民问："那我的水电费呢，怎么个收法？"

　　李培斌说："你就坐在村委会，一家一家按顺序开票收款。"

　　如此这般，说得大家心平气顺，一场百余人的群体性矛盾纠纷，转瞬偃旗息鼓，顺利化解。

　　处理完浇地纠纷，李培斌发现全乡都有这种类似的情况，他主动向乡党委、乡政府汇报后，起草了《大旱之年水库、机井浇地的暂行管理办法》，乡里安排他和另外几位干部对全乡五十四眼机井、四座水库检查核实，纠正乱收费现象，也为全乡群众减少浇地费用十一万余元。

包扶景家庙

李培斌在马家皂司法所所长岗位上一干就是十九年。2007年，县委决定李培斌调任龙泉镇司法所所长。按理说，调往龙泉镇，就在县城工作，本是件好事儿，但实际情况是，这里常住人口占全县总人口的三分之一还多，工作压力更大了，生活压力也随之增加了。调任前，组织找他谈话，李培斌没有说一点困难，没有提一点要求，只是说服从组织安排，坚决完成任务。2013年，组织任命他兼任县信访中心主任，同时兼任县人民法院、县人民医院和县交警大队等单位行业调解员。几副重担一肩挑，李培斌更忙、更累、更苦了，但他无怨无悔。他说，自己再难，也绝不能让组织为难！是党员，就要时刻听从党的召唤，永远服从组织安排，党让去哪就去哪，党让干啥就干啥，不能有丝毫的怨言。

龙泉镇景家庙村，不少人家以杀猪宰羊为生，民风强悍，稍有不和，便会大打出手，干部们说起来都十分头疼。李培斌任龙泉镇司法所所长后，自告奋勇，把铺盖卷往摩托车上一捆，选择景家庙村作为自己的蹲点包扶村。这一包就是八年。

到了村，李培斌一家一户上门走访，对那些涉法疑难纠纷进行登记，然后邀请法官、检察官、警察进村一起做工作，化解了大量积压的矛盾纠纷。以后发生的家庭和邻里纠纷，李培斌就上门劝解，村风逐步好了起来。为了解决吃水困难，李培斌多次带领村干部到县里跑项目、跑资金，帮助村里打了机井，建了水塔，修了输水管道，全村彻底解决了吃水问题，三千多亩旱地也都全部变为水浇地，粮食产量翻了一番。

景家庙村北的黑水河有一条拦河大坝建于大集体时代，年久失修，

李培斌帮助景家庙村民做农活

影响灌溉使用。李培斌和村干部商量，要重修这条大坝。修坝要占用六户农民的河滩地，这些农民不同意，举着铁锹锄头拦住施工队，不让动工，一场械斗事件随时可能爆发。李培斌得悉后，一把一把抹着头上的汗，跳上旁边的一块青石头，扯着嗓门喊道："大家把手里的农具统统放下，双方各自后退十步；各家出一个代表好说好商量。"在李培斌的喊声中，原先吵闹的现场渐渐平息了下来。

原来，这片工程占用的土地，前三年平均为亩产一千二百五十斤，除去投入，每亩纯收入八百多元，群众要求每亩补偿一千元，而项目施工方只补偿五百元。

李培斌心里想，民以食为天，老百姓的衣食住行全靠土地收入，土地是农民的命根子，绝不能让他们吃亏。根据相应的法律条文，李培斌与施工方反复磋商，一笔一笔给他们算账，算得他们心服口服。最终，被占用土地的农民每亩按八百元做了补偿，项目工程在一片和谐的气氛中重新开工，正常运转起来。

这场调解，从早晨一直谈到下午四点，等回到村委会主任荆万峰家，太阳已经落山了。荆万峰老婆端上半盆玉米面拿糕和咸菜，李培斌一阵狼吞虎咽，嘴里还嘟囔着："好吃不过打拿糕，老嫂子的拿糕做得香呀！"

河坝工程开工后，李培斌又带上村支书荆虎、村主任荆万峰为景家庙村跑政策、要项目、修水塔、修路、打井、换地下水管、建大棚……现在，两条千米长的大坝，横亘在村北河滩，从此景家庙村不仅免受洪水侵扰，而且河水让一部分旱地变成了水浇地。河坝，成了景家庙村的生命工程、幸福工程。村里总共有四千亩地，其中三千多亩当初都是旱地，魔术般一下子变成了水浇地。原先旱地一年满打满算收入一千元，现在蔬菜大棚一亩地收入一万多元。村里人说，这头一份功劳，应该记在李培斌的名下。

"他啥也不图，一心一意给老百姓办事儿。这世上，难找像他这样的好干部。"景家庙村原村主任荆万峰一提起李培斌就忍不住要哭。

"谁叫咱是共产党员"

"调解工作很辛苦，不是工作劳累，而是有一种说不清道不明的压抑情绪。这种压抑情绪，怎么说呢？每天面对的当事人有愁眉苦脸的，有怒气冲冲的，有寻死觅活的……这样的情景让我生出无限的同情、悲悯。如果案件调解成功还好，如若调解失败，我的内心又生出许多怅然、无奈、期盼。这些纷繁复杂的情绪像蛛丝织成的一张大网，将我的心越裹越紧，很多时候我感觉透不过气来。压抑、忧郁常常盘绕在我的心里，挥之不去。更有甚者，在矛盾纠纷中，有的人蛮不讲理，占不到便宜不罢休，每当此时，我心中的火气一蹿老高。可职责所在，只能是心里窝着火，脸上赔着笑。"李培斌曾在一份演讲稿中这样描述。

2010年，一件纠纷让李培斌很伤脑筋。二十余次的思想工作，又是说情，又是讲理，可当事人就是听不进去。李培斌觉得肚子里呼呼生火，可就是不能喷发出来，只能窝着、憋着。纠纷得到解决的当天夜里，李培斌胆结石急性发作，疼了个半死，被连夜送到大同市五医院。

经诊断，医生告诉李培斌："你这是结石进了胆管，必须住院做手术。"李培斌着急地问："这还要住院呀？住院得多长时间呀？我手头还有很多工作呢！"医生郑重其事地说："你必须住院，不然就会出大问题，出院时间看你病情恢复情况再定。"李培斌摇摇头，这才很不情愿地住了院。

看病得花钱，李培斌全家四口人，老母亲也有病，全凭他一个人的工资，妻子杜润梅打临时工，一个月也挣不了几个钱。当妻子问清做手术需要八千多元时，便一下子犯了难。她急忙四处借钱，才凑够了医疗费。

住院期间，妻子杜润梅看在心里，疼在心上，她想到李培斌工作中累死累活的样子，再想想家里的生活，就催他能不能向领导提出换个工作。李培斌说："任何工作都会遇到不顺和烦恼，如果人人都想回避困难和矛盾，没有人愿意干艰苦的工作，那群众的困难谁去解决？工作不好干、压力大就撂挑子，还算个共产党员吗？你想想，咱当初入党为了什么，如今在党又干了什么，身后又能为党留下什么呢？"

杜润梅听着，眼泪唰地流了下来。

李培斌侧过脸，看着瘦了一圈又一圈的妻子，心里涌上一股酸楚和疼爱，他觉得对妻子有太多的亏欠。这么些年，风风雨雨，东奔西忙，她都没有吐露过一个怨字，默默承受着，坚定地支持他。他拉过杜润梅的手说："相信我，一切都会好的……"

住院期间，躺在病床上的李培斌并没有消停，电话依然不断，有法律咨询的，有申请调解的，有上访反映问题的。对此，李培斌都耐心给予解答。由于身体胖，伤口难愈合，出院时的李培斌伤口处还缠着绷带。但第二天他听说龙泉镇东关村因建大棚征地引发了矛盾纠纷，便又风风火火赶到了现场，拖着刚刚出院的身体进行调解。镇领导劝他休息几天上班，李培斌说："坐不住啊，谁叫咱是共产党员呢！"

谁叫咱是共产党员！这是多么朴实的语言，多么自豪的语言。

共产党员，是不怕牺牲、无私奉献的代名词；共产党员，是勇当先进、甘为表率的先行者。革命战争年代，谁是共产党员，谁不是共产党员，一眼就能看出来。作战勇敢不怕死、冲在最前面的，肯定是共产党员。夏明翰、方志敏、刘胡兰、江竹筠等无数革命先烈，始终牢记自

李培斌在向村民了解村风民情

己是"共产党员"这个"身份"，他们用大义凛然的气概和始终不渝的追求，为国家独立、民族解放、人民幸福，不惜抛头颅、洒热血，用年轻的生命书写了"共产党员身份"的辉煌一页。经济建设时期，遇到困难时第一个豁出去，时刻想到并愿意为党分忧、为民谋福利的，一定也是共产党员。焦裕禄、孔繁森、杨善洲、郑培民等党员领导干部，为了党的理想和宗旨，为了人民的富裕和幸福，同样用"生命不息、奋斗不止"诠释了"共产党员身份"的深刻内涵……

共产党员这个身份是李培斌一生最大的动力。

调解医患纠纷

这是 2015 年 5 月的一天。事情发生在阳高县人民医院。十岁的阳阳（化名）在医院输液，不幸死亡。

死亡是让人悲痛和伤心的事，何况是一个十岁的孩子。家属愤怒了：把灵堂建在了医院，把医院儿科病区全部占领。

为了把问题解决好，院长找人与家属沟通，希望与家属坐下来谈，寻求最佳的解决办法，但家属情绪很激动，没有坐下来谈的意思。

有人在哭，有人在烧纸，有人在撒冥币……

有人在围观，有人在叹息，有人在劝说……

"走，去县委讨说法！"一群人去了县委，围堵在县委门前。劝解无效，事情陷入僵局。

县委、县政府领导把与家属沟通的任务交给了李培斌，希望李培斌引导家属尽量走诉讼程序。

接到任务后，李培斌立马赶到医院与家属们沟通。但家属们根本不给李培斌好脸色看，不仅明确拒绝走诉讼程序，而且也没有调解的意思。

没有融不化的冰，没有解不开的结。

"来来来，大家喝口水，你们的心我理解。我和你们一样，我也是一个父亲。"

"你算老几？你是公家人，帮着公家说话。死的是我家的孩子，又不是你家的孩子，你滚一边去！"家属给李培斌当头泼了一盆凉水。

围观中有人也说李培斌"官不大，扑得猛"（意为没有解决问题的权力，却硬往前闯），是个"寡货"（意为好管闲事的家伙）。

李培斌没有丝毫的怒气，他依然一脸真诚。"这事搁在谁家也受不了，搁在谁身上也受不了。一个活蹦乱跳的孩子说没就没了，哎，这事挨谁也要发脾气。但是，事情已经发生了，毕竟人走了，把后事处理好，让孩子的在天之灵安息，这才是头等大事啊！"

"去去去，我们不想听你解释，我们只想要我们的阳阳，你还我们的孩子，还我们的阳阳……"家属在哭，李培斌也在哭。

一天过去了，又一天。李培斌陪着家属一起悲痛，一起流泪。在他的劝说下，家属的情绪逐渐平稳，他们看到了"李代表"的真诚。

在李培斌的连日劝解下，家属和医院终于坐在桌面上开始谈判，最终达成了处理协议。医院的工作恢复了正常，李培斌拖着疲惫不堪的身体回了家。

"累坏了吧，培斌，快上炕休息哇！"妻子让李培斌睡觉，因为这件事，李培斌已经多日没有好好休息了。

"润梅，一个十岁的孩子就这样走了，他才十岁啊……"李培斌哭了。在他心底，没有调解成功的喜悦，只有一个父亲的悲伤。他多么希望没有这起医疗事故，多么希望阳阳在阳光下奔跑、在阳光下歌唱！

为农民工讨薪

每年年关，是农民工结算工钱准备返乡的时节，也是民政司法人员最忙的时节。由于种种原因，总会有企业拖欠农民工工资的事件发生。

2014年1月29日，已是临近年关。一大早，阳高一家企业五十多名本地农民工和承建方的四十多名湖北籍施工工人，就到县里上访讨要工钱。少部分人到信访大厅反映情况，更多的农民工则聚集到县政府门口，讨要说法，一时县政府大门被围得水泄不通，严重影响了机关的正常工作。

时任县信访服务中心主任的李培斌一上班，就被农民工团团围住，七言八语地吵闹着让解决企业拖欠工资的问题。李培斌没有恼怒生气，平静地把他们领进接待室，详细问清楚事情的来龙去脉。原来，该企业欠本地工人工资八十多万元，欠湖北施工方二百多万元，总计近三百万元。面对这种情况，李培斌一边通知所辖地乡镇分管信访领导，来县里稳控、接访农民工，一边急急忙忙地去县政府解围。

到了县政府，李培斌首先亮明身份，让大家不要急，要求与领头的工人对话，他一定想办法处理好这个事。本地农民工认识他，一看是群众信任的"李代表"来了，就听从他的协调，并答应帮助劝解，外地工人看本地工人都很相信"李代表"，也都一起跟着李培斌先回到信访大厅。就这样，县政府恢复了正常的工作秩序。

在李培斌的主持下，县里分管领导、乡镇领导、企业法人当即在信访大厅召开协调会，拿出了三方都能接受的方案，先解决一部分施工款和工资，不要耽误大家回家过年，其余的等过年后再处理。由于企业一下拿不出足够的资金，先由乡镇垫付，再让企业补齐。过完年，在李培斌的督促下，企业想方设法，按时足额发放了剩余拖欠的工资。

农民工们高高兴兴回家过年了。他们说，老李不愧为人民群众的"李代表"，不仅代表党的形象，更代表人民群众的利益。

对此，李培斌更是振振有词："党员的一言一行都是代表党的。我就是要让老百姓从我的手中感受到党的温暖，从我的说话里听到党的声音。"他还说："把每一件平凡的事情做好就是不平凡，把每一件简单的事情做好就是不简单。"正是他的平凡，铸就了他的伟大。他对党的这份真心，比金子还要贵重。

最宝贵的家当

龙泉镇流传着一句话，叫"培斌搬家，一堆纸箱"，意思是说李培斌一穷二白，没有什么家当。

是的，李培斌一生调动工作多次，但一路都是租房居住。每次搬家的纸箱里，除了必备的衣物被褥和锅碗瓢盆，便是被他视为生命一样珍贵的荣誉证书和奖牌。

在马家皂乡工作了二十年，李培斌在距离乡政府约两百米的地方租的两间土窑洞，加起来都不足二十平方米，仅有的像样摆设就是一对小衣柜，里屋的地上摆着好几个纸箱子，里面放着锅碗瓢盆这些生活用品。堂屋放着两个瓮，瓮上搭着两块木板，木板上面摆放着整齐的荣誉证书。女儿李乐乐说，爸爸可喜欢他的这些宝贝了，一有时间就拿起来翻翻看看。

李培斌在司法行政系统会议上做报告

李培斌经常搬家，帮他搬家的乡干部没有看到电器、家具、烟酒等值钱的东西，却看到不少保存完好的荣誉证书，有人打趣地说："帮别人搬家，都能看到点好烟好酒。给你搬家，就看到一摞证书和一堆纸，连根好烟都混不上。"还有人说："要这么多本本儿干什么，不能吃不能喝，扔了算了。"

李培斌却说："这是俺的荣誉，是党和政府给的，这些远比金银财宝金贵，远比烟酒值钱。有的人一辈子想得也得不到这些宝贝。"

是的，荣誉是李培斌不断前行的动力，也是一个党员最宝贵的"家当"。在他看来，没有信念，就没有目标；没有动力，就没有精神。一张张鲜红的荣誉证书，既是对他最大的奖赏，也是他人生付出与收获的见证。

徒弟鲁学虎说，师傅活着的时候总把各种证书、奖牌擦拭得干干净净，摆放得整整齐齐。"在他的眼里，荣誉比生命还重要。他说这是他的财富，将来见祖宗的时候得拿这个交账。"

在女儿李乐乐的记忆中，爸爸从没为她过过一个生日，给她买过的唯一一件礼物是一双黑色皮鞋。她说："荣誉在爸爸心中，比我重要。"

"在他心里，荣誉比命都重要。我们聚在一起，他说得最多的是自己调解的案子。每调解成功一例，他高兴得不亦乐乎，好像这就是他最大的乐趣。"小舅子杜润文说。

父亲李果在世时，李培斌每获得一个证书，都要向父亲做一个庄重的"汇报"，也不忘在母亲面前像小孩一样撒娇一番。

在北京参加党的十八大期间，父亲病重住院。回到阳高，李培斌直奔医院病房，跪在父亲床前哭道："爹，二明虎不孝……"

他不知道父亲住院，也没顾得上给父母买什么礼物，而只在上火车前，从北京站一家超市买了一盒北京特产"稻香村"糕点。

知父莫如子。李培斌知道父亲一生最看重什么，最在意什么。他从身上掏出十分珍贵的十八大代表出席证，放到父亲手里。父亲把镶嵌着儿子照片的代表证双手捧在胸前，看了又看，摸了又摸。听着儿子讲述十八大会议的情景，讲述美丽的"中国梦"，老人开心地笑了，也流下了激动的泪水。

三天后，李果，这位曾经的基层农村的老支书走了，他是带着无限欣慰走的，带着有一个好儿子的自豪走的。

爱，是人类最美好、最伟大的感情。爱心，有时就像地里的韭菜，付出越多，播撒越快越广，不但能传及家人，甚至能传及世界，让每一个人心中都有一片碧绿，一片阳光。

第三节　心中有民

　　"意莫高于爱民，行莫厚于乐民。"这是历代贤明君主治国理政平天下的箴言。孟子云："民为贵，君为轻"；老子曰："圣人无常心，以百姓心为心"；《尚书》中说："民为邦本，本固邦宁"，意思是说，老百姓是国家的基石和根本。只有把人民看作天，视作地，让人民群众当家做主，丰衣足食，国家才能和谐安宁。

　　李培斌的名片正面是他的身份：中共十八大代表、龙泉司法所所长；背面是他的人生格言：心装百姓事，胸怀为民情；本人承诺：接待要热心，询问要细心，办事要诚心；来有应声，笑脸相应，走有送声，满意顺心；手机二十四小时开通，随时等候矛盾纠纷报案；三分钟之内立见行动，尽快赶赴现场，解纷止争，防止矛盾激化。

　　一句格言、一份承诺，李培斌似乎没有再留下太多东西。"但从事司法工作三十个年头的他，在百姓心中留下了一座一心为民的丰碑，为司法战线留下一面秉公为民的旗帜。"阳高县的百姓如此评价说。

　　弯下腰即为一座桥，挺起身便是一步梯。在李培斌看来，家里的事情再大，也大不过百姓的需要。他在一次演讲报告中讲："群众利益无

只要活得充实，活得踏实，苦点累点不算啥。——李培斌

小事，小事不理成大事；没有爱就没有调解。每当通过自己的努力，让一个个带着愁容而来的老百姓，面带笑容满意而去；每当看到万家灯火、人人舒畅的情景，就是我最最幸福的时刻。"

"我有遗传基因"

李培斌的家乡是阳高县古城乡赵石庄村，这是一个历史悠久，文化积淀深厚的村庄。

由赵石庄向西走四五十华里有一座山，名大泉山。大泉山不高，海拔只有一千两百米，属于燕山山脉的余段。很早以前，这里像北方绝大多数荒山一样，沙石裸露，沟壑纵横，土地贫瘠。解放前夕，大泉山下的西岭村，虽然只有二十来户，八十几口人，但却过着"天旱担不满锅，雨涝爬不上坡"的艰难生活。20世纪30年代，河北农民张凤林和天镇农民高进才在大泉山下的西岭村安家落户。他们在大泉山植树造林，治山治水，挖鱼鳞坑，修土谷坊，打坝筑埝，建库修渠，使这里的生态环境逐渐有所改善，农作物收成增加。1951年，抗美援朝战争爆发，山西农民踊跃捐献"爱国丰产号"和"新中国农民号"飞机支援前线作战，张凤林、高进才二人毅然捐献山药五千斤。五千斤山药，在当时那个百废待兴的年代里是个特别巨大的数字，因而引起了时任县委书记王进的重视，王进据此写了一篇调查报告《大泉山怎样由荒凉的土山成为绿树成荫花果满山》。这篇报告不仅受到时任山西省委书记陶鲁笳的首肯，毛泽东主席看到后也大为赞赏，并写下了热情洋溢的按语，高度评价大泉山这个水土保持的典型。这篇文章发表在《人民日报》上，题目也由毛泽东主席亲自改定为《看，大泉山变了样子》。自此，西岭村改为大泉山，大泉山作为"全国治理水土流失一面红旗"，名扬三晋，唱响神州。

李培斌的爷爷李元祥，曾参加解放战争和抗美援朝战争，并获得金质奖章，是共和国的功臣。然而，他复员的选择，却是回村做一个普通农民。为了不给国家添麻烦，为了不在乡亲们眼里留下什么特殊身份，他将部队的荣耀悄悄地埋在心底，即使腰部那一道长长的疤痕，也只是有一次没防住，让孙子李培斌偷偷看到了。而那伤疤后面的故事，孙子一直缠着问他，他却岔开了话题没有讲，成为一个永远的谜。

有一次，县民政局的同志亲自上门问老人有什么困难，他说没有。日后要是有了难处，我就去找你们。三言两语，把人打发走了。后来，村里人选他做村干部，他依然手不离弯勾勾的锄头，脚不离田垄地埂，自食其力一辈子。在那一段激情燃烧的岁月，李元祥带着赵石庄村的干部去大泉山观摩求教，并与治土英雄高进才成了很要好的朋友。大泉山共产党人艰苦奋斗、改天换地的英雄事迹，是李元祥讲给李培斌听得最多的故事，也是李培斌最爱听的故事。从爷爷嘴里，李培斌知道，高进才不仅是了不起的英雄，曾受到毛主席亲切接见，还是全国人大代表、党的九大代表。

人大代表、九大代表，受到毛主席亲切接见，少年时代的李培斌听了懵懂不解，但他从爷爷庄严激奋的眼神里，已经读出了它无比神圣和崇高的意义。

李培斌的父亲李果，像李元祥一样，早早就入了党。他为人正派，乐于助人，从支委到支书，当了三十多年的村干部。为村集体经济，他舍身忘己；为左邻右舍，他掏心掏肺。冒雨浇地，下夜护田，硬是累下一身病。李培斌清晰记得，有一次半夜，他被一阵纷沓的脚步声和嘈杂声惊醒，爬起来一看，父亲被几个乡亲背着放到窑洞的土炕上。原来，作为村支书的李果带头吃住在村农田基本建设工地，由于过度疲劳，晕倒在现场，被及时抢救过来。可是，只隔了一天，李果就扛一把铁锨，背一袋干粮，又走向了工地。

李培斌说到自己甘愿献身司法事业时，脸上洋溢着自豪的神情。他说："我做这份工作是有遗传基因的，我爷爷和父亲都做过村干部。在我的记忆中，他们经常帮助乡邻们解决纠纷，我当时就朦朦胧胧地想，长大后也要像他们那样。"

第一宗调解案

李培斌自幼勤奋好学。1982 年，他以优异的成绩考取了县农业技术学校，1984 年 7 月毕业参加工作，做了友宰乡的一名果树技术员。两年后，李培斌调至马家皂乡任农技员兼司法助理员，不久接任马家皂乡司法所所长。他为人正派，办事公道，说话受听，入情入理，善于打开人的心结，让没理的心服口服，有理的甘让三分，哭闹的破涕为笑，无理取闹的羞愧无语。

李培斌调解的第一宗官司是赡养案。马家皂乡一对年过七旬的老人，身患重病，走路都得挂上双拐，可四个成家立业的儿子互相推诿，置父母于不顾，让两位老人的风烛残年缺吃少穿。无奈之下，老太太到乡里找到了当时还是司法助理员的李培斌。通过恶补，对法律条款早已烂熟于心的李培斌随老人来到家中，找来兄弟四人。他首先抓住机会，给他们上了一堂道德教育课："百善孝为先，这是中华民族的传统美德，怎么到你们这儿就丢了？人在做，天地看，街坊邻居也都在看，你们不嫌丢人现眼？不怕良心受谴责？不怕儿男子孙们学你们的样？"

刚开始，四兄弟对李培斌不屑一顾："这是我们的家务事，不用你这个外人管。"深知自己威信不足的李培斌并没有退让，他表情严肃地说："我不是外人，我是公家人！家事连着国法，你们不孝敬父母，法律就要为老人做主。"他拿出法律条文做武器，义正词严地说："你们不赡养老人是违法的，要是不听劝，我就带着老人上法院。闹到法院去，你们丢人不说，而且还得按判决出赡养费，同时还得搭上诉讼费。"让李培斌这么一说，四兄弟不再嚣张，沉默了一阵儿，最终提议让李培斌拿出个合情合理的办法。李培斌想了想，心平气和地说："这样吧，你们每人隔月拿出60元生活保障费给父母。"说罢，李培斌扳着手指给他们算了一笔账：60 元 ÷2×12，每个孩子每年主动交两位老人赡养费

李培斌参加法制宣传活动

360 元。"各回各家，开个家庭会，三天后看效果。"李培斌说。第四天，李培斌去做回访，两位老人拉着他的手说："兑现了，兑现了。感谢培斌做主，治住了这四个不孝之子。"

第一次的成功调解使李培斌信心大增。之后，他在学习中实践，在实践中学习，慢慢地有了名气，成了远近闻名的金牌司法员，十里八乡的乡亲们都亲切地称他"李司法"。

李培斌的母亲裴进莲说："二明虎爷爷、二明虎爹，还有二明虎，他们祖孙三人都一个样。长得像，脾性像，就连心也像，是一根藤上结下的瓜。"

震期守夜

1989 年 10 月 18 日，大同地区发生了"大阳"地震。大同县和阳高县部分村庄房倒屋塌，余震也不断发生，险情频发。年仅二十四岁的李培斌在兴隆堡村蹲点，和时任村支书侯仲明、村主任侯官顺一起在村委会值守。

"你们都有家有口，村里的事情又多，就让我在村委会值守吧！"年轻的李培斌主动承担起夜间值守的重要任务。支书和村主任都说，哪能叫你一个人长期值守呢？李培斌说："这算啥，我一个人，在哪里都是住嘛，你们就不要跟我争了。"

就这样，李培斌吃住在村委会办公室，晚上不脱衣服，累了就靠坐在扩音器旁打个小盹，一有情况随时向百姓通报、喊话、报警。到了白天，他依然又同其他干部一起，挨门逐户进行排查，看哪家土窑洞的裂缝又宽了，看哪家的老人、孩子需要更好地安置保护，看谁家的生活遇到困难……一项一项，他都详细地记录下来，以防不测。

就这样，晚上守夜、白天巡查，持续了近三个月，直到地震预警彻底解除，李培斌才回到自己的家。

赤脚板救火

2003年春天的一个晚上，因处理浇地纠纷忙碌了一天的李培斌拖着疲惫的身体回到家，正要休息，突然听到一阵嘈杂声，隐约听到了"救火"的声音。他的脑子一下子清醒了，从床上猛地坐起来，顾不上和妻子杜润梅说一声，披了件衣服，连鞋都没顾上穿就冲了出去。

李培斌窑洞后面的李玉玲家，一堆玉米秆正在熊熊燃烧，把一群人的脸照得通红。李培斌也忘了自己没穿鞋，开始和大家救火。这时，李玉玲忽然跺脚大喊，完了，完了，我的小平车还在里面呢！说着就想往里冲，周围村民拦住她，劝说她安全第一。望着熊熊大火，看着着急要哭的李玉玲，李培斌知道，那平车是庄户人的命根子，送粪、上地里拉粮食全要靠它。他心头一热，默不作声地把外套往水里浸了一下，披在身上，众人还没反应过来，他已经冲进火海。

李玉玲和邻居们不知如何是好，只喊着："小心点，小心点，老李！"

冲天大火吞没了李培斌高大的身影。不一会儿，推着平车的李培斌从火中出来了，人们映着火光，看到了他脸上烫起的水泡，衣服也烧破了。尽管这样李培斌却顾不上疼痛，仍然和村民们一起紧张地拉水管、泼水。

火终于扑灭了，此时，人们才发现，李培斌居然还光着脚。

帮小黑开饭店

龙泉镇社区矫正人员有二十多个。李培斌对这些人员不嫌不弃，总是和他们坐下来谈心交流，教育他们好好做人，尽心尽力帮他们解决生活问题。小黑（化名）就是李培斌帮助过的一个。

李培斌知道小黑生活没着落，时常给他买些米面救急，但长久也不是办法，救急不救穷。后来他听说小黑在饭店打过工，有些开饭店的经验，就提议他开个小饭店。但是小黑没有本钱，也没有什么社会关系，跟以前认识的人借钱，人家又都躲着他。李培斌便想办法出面帮他申请了小额贷款，忙前忙后，终于把饭店开起来了。

饭店虽然小，但天天有收入。小黑也很辛苦，天天忙里忙外，饭菜价格讲公道，对人客客气气，饭店开得红红火火，日子过得有声有色。饭店开张后，李培斌还经常向他认识的人介绍这个饭店，小黑几次想请李培斌喝回谢恩酒，李培斌总是推说忙得顾不过来。

有一回，几个"混混"，吃饭期间闹开了事，小黑强压住心头火，一再劝说，吃完了，几个人还是没人结账。小黑本想给这几个"混混"点颜色看，但想起李培斌常跟他讲的话，"退一步天高地阔，让三分心平气和"，不就是一顿饭嘛，他便忍了下来。后来这几个人知道开

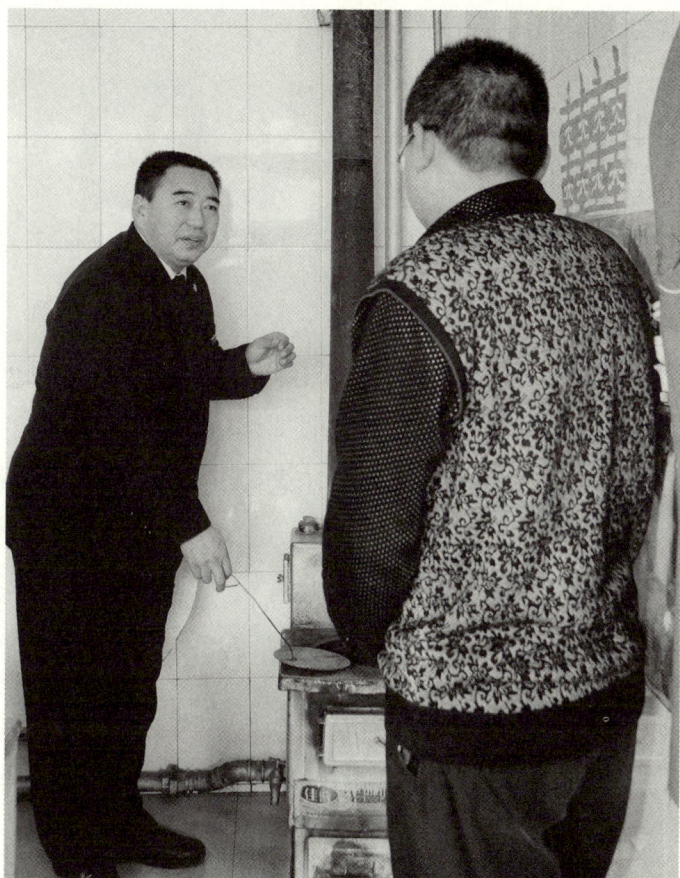

李培斌关心刑释解教人员日常生活

饭店的是个刑释人员，心里着了慌，怕总有一天找他们算账，便找到小黑主动结了账。小黑给他们讲了自己犯罪就是因为平时骄横，一时忍不下心头火，才犯下大错，出来后是李培斌帮他回头做人，才有了新的生活。

假种子事件

2014 年夏天，狮子屯乡村民老段找到李培斌，让他主持公道，讨要购买假种子造成的损失。

原来，春播时，老段购买了本村种子经销户的一批种子，种了五十亩地。没想到出苗不全不旺，与别人的地比，庄稼长得差了一大截，收成不到往年的两成。这么大的损失，让老段又急又气。他与经销商多次协商无果后，想到了找李培斌说事拉理。

李培斌请农技专家到现场一起实地勘查，拿到了种子系多年积压、发芽率低的第一手证据。而后，他又带着《种子管理法》和《消费者权益保护法》分别与双方协商，仔细聆听各自表述。

老段一肚子怨气："我要求简单，别人打多少粮食，他就赔我多少！"

"对方我了解，他也是小本买卖，况且种子也是外拉的，并不是恶意骗你，咱能不能将心比心。"给当事人的诉求找个支点，在李培斌看来尤为关键。

种子经销户一肚子的委屈："我也是受害者，总不能为了赔他，让我弄个倾家荡产吧！"

"你放心，我在农村当过技术员，算出的方案肯定既合理也合情。"为有错的一方寻求台阶，李培斌始终以恪守大局为重。

最终，李培斌算下的每亩地赔偿六百元的建议，得到双方一致同意。后来，李培斌又找到种子公司帮助种子经销户挽回了不少的损失。

拦车运甜菜

李培斌生在农村，喜欢农村，喜欢农业，喜欢农民，这也是他当初选择上农校的初衷。他恨不得把在农校学到的知识统统掏出来，献给这片土地，献给父老乡亲。

李培斌的一个同学在大同糖厂上班，有一天他想到，要是让安家皂种甜菜，秋天卖到糖厂，那将会是一笔很可观的经济收入。1992年，在他提议和指导下，村里种了十多亩甜菜。秋天到了，甜菜长势喜人，满眼绿油油的，像是把一块碧玉般的天空切下来，放在了希望的田野上。甜菜丰收了，可村里只有几辆小平车，运输难题像一道土圪梁横在面前。

李培斌着了急，甜菜要是不及时运到大同糖厂，就换不成票子，放久了烂在地里，乡亲们就亏了本。他跑了五趟县城，找了几家货运公司，乡亲们给的运费人家都嫌低，可运费高了乡亲们又划不来。

"找不到运送车怎么办？"

109国道上天天有往河北运煤的大车，能不能让这些返回的空车

李培斌在阳高县省、市、县三级人大代表培训班上做报告

帮着拉运甜菜？二十七岁的李培斌上了 109 国道，他跟返程拉煤的车主说："你的车空着回去也是空着，你把我们这里甜菜给拉上，送到大同糖厂直接卸货，耽误不了你多少时间，帮了咱农民兄弟，你也能多挣点油钱，你看看这样行不行？"

就这样，李培斌帮村民们顺利解决了运输问题。但甜菜送到了，结账却不太痛快。为此，李培斌让四个村各派一名代表，跟着自己到大同糖厂结账。他通过糖厂里的同学，向厂里的领导说明了几个村子的情况，糖厂及时给农民结清了款。

当时甜菜的价格是一毛五分五一斤，种一亩地能收入一千多元，兴隆堡一个村就种了九百多亩，村里人从来没有一年挣过这么多钱，直夸李培斌年纪轻，办事有督脉（方言，能力强之意）。

家庭和事佬

俗话说，清官难断家务事。在公说公有理婆说婆有理的家庭矛盾中，李培斌是个和事佬，他总能把纷争的家庭调解得和和美美。

2005年冬日里的一天，晚上10点多了，李培斌从马家皂乡司法所出来，正准备回家，一位六十多岁的老太太来找他，说让儿媳从家中赶出来了。旁边的乡干部说："这么晚了，明天再说吧。"李培斌说："那不行，这么晚了，大娘睡哪儿也不如睡自己家方便，咱得帮这个忙。"说完，李培斌和这位乡干部随着老人到了她家里。见乡干部找上门来，儿媳不情愿地把门打开了，但却堵在门口，坚决不让婆婆进屋。原来，儿媳妇和婆婆因为一些矛盾翻起旧账，双方越吵越厉害，一怒之下，儿媳妇就把婆婆赶出了家门。

李培斌耐心劝说儿媳妇："孩子都这么大了，你还这么折腾个啥？以后你不是也得当婆婆，儿媳妇这样对你，你能好受？过段时间你男人回来知道这事儿，不也得跟你闹？"见媳妇不作声，李培斌又对老人说，儿媳妇有本事，也勤快，在外人眼里没有说赖的，只是一时气恼，才做出这样的事，家和万事兴嘛！经过三个小时的劝说，儿媳妇终于红着脸承认了自己的不是，保证以后不再和婆婆吵架。劝完已经是午夜1点多了，李培斌和另一名干部才回了家。

李培斌当和事佬的名气传得很远，外县也有人找他调解家事。就在2014年4月下旬，李培斌在浑源县刚做完报告，一位干部在台下拉住了他："老李，我有个困难，看能不能帮忙？"

"你说吧，什么忙？能帮我一定尽力！"李培斌说。

原来，这名干部的侄儿家住大同市恒安新区，因家庭不和，正在和妻子闹离婚，诉状已经递到法院。小夫妻有一个六岁的孩子，双方的家人都不想他们分手，但谁也劝不住，夫妻俩已分居半年多。在当事人眼中，一切似乎都不可挽回了。

李培斌找来离婚诉状，仔细看了一遍，心里有了底。依他多年的调解经验，认为夫妻俩感情基础还是有的，也没有啥大的症结，还不到过不下去的地步。

于是，李培斌答应"试着说和说和"。有人听说闹离婚的小夫妻家住大同市恒安新区，就问他："不是你辖区的事，又那么远，你管那闲事干啥？"

李培斌笑着说："咱是共产党员，也是人民调解员。只要群众有需求，再远也得去。"

他专程赶往八十公里外的恒安新区，苦口婆心地劝说了一番，直把夫妻俩说得边点头，边不住地抹眼泪。几个小时后，双方冰释前嫌，一个即将破碎的家庭保住了。

特别的信任

"有难事，找培斌。"这是阳高老百姓常挂在嘴边的一句话。

2009年春，龙泉镇有一家老两口因家事找到李培斌。原来，老两口和儿子分家没分地，共同拥有十亩多承包地，退耕还林后，婆婆和媳妇争补贴，家里闹起了纠纷，便找李培斌想办法。

李培斌把婆媳叫到一起商量，他提出按家庭人数分，公婆两人，儿子家三人，平均每口人五分之一，双方都同意，签了调解协议书。可退耕还林地就一个补贴本，婆婆、媳妇都想拿，争论不休时，婆婆对李培斌说："李所长，我信不过他们，但我信你，这个本你给保管上吧。"媳妇说："我也就信李所长，就让李所长保管。"

李培斌说："那我替你们把本先保管上，到时候你们按协议书从我这儿领钱。"

2010年1月17日，补贴款上账后，李培斌公平地给两家人发放了退耕还林补贴。

"培斌收入微薄，但他借钱也要接济困难户。"李培斌生前的好友都这样说。

龙泉镇一户人家，只有年迈的两个老人和一个年幼孙女儿相依为命，生活没来源，老婆婆觉得生活无望便到县委哭闹。李培斌耐心劝说老人情绪平稳下来后，掏出五十块钱，让她打车回家。在场的同事说："她家离这儿又不远，走着就回去了，还给啥打车钱啊，你看她也没打车啊。"李培斌笑着说："她是没打车，但有了这五十元，她心里暖和啊！"后来，李培斌多次到民政等部门协调，帮助老人解决了生活困难，每到逢年过节，他也去老人家里坐一坐，送上礼物和慰问金。

李培斌接济过的困难户很多，经常一百元、两百元就送出去了，每年接济困难户支出就达两三千元。妻子杜润梅刚开始并不知道这些事，只是奇怪李培斌身上的几百块钱，总是过不了两天就花完了。有时身上没钱，李培斌就向朋友们借。朋友圈里的人慢慢也都知道李培斌借钱接济困难户的事情了。

李培斌接待来访群众

熟悉的脚步声

罗文皂镇吴家堡村民项二女，六十多岁，双目失明，老伴只有一只眼，而且一只脚冻坏了，行走也不方便，两口子一直过着流浪生活，也时常到信访服务中心反映生活困难的事。

李培斌知道后，先是帮项二女老伴配了轮椅，又去市里医院帮他为那只冻脚做了手术。后来还把他们两口子安排到罗文皂镇敬老院。

每次，项老人两口来到信访服务大厅，说话没条理，东拉西扯半天说不清个事，信访中心许多人都难以跟他们交流沟通。李培斌却总能听他们诉说苦衷，跟老人聊天，问长问短，有时还给他们一些零用钱。渐渐地，项老人两口去信访大厅的次数多起来，只要李培斌在，他们就愿意待上一上午，说上一上午，李培斌不在，站不了多长时间就走了。久而久之，两位老人十分信任他，以至于从李培斌走路的脚步声就能听出是他来。

有一天早晨，两位老人在早点铺吃饭，李培斌走了进来，项二女脱口说道："李主任也来吃早饭了？"李培斌循声看去，两位老人正喝稀饭、吃包子，他说："我还以为是谁，您这耳朵厉害呢，就冲您这好耳朵，今天的早饭钱我付了。"

2014年8月的一天，听说项二女老伴去世，李培斌协调乡里、县民政局帮老人料理了后事。

李培斌去世后，项二女又来过信访大厅，静静地等着，等了很久说："怎听不见李主任的脚步声了？"工作人员告诉她李主任去世了，老人悲痛不已地说："这么好的干部怎就没了呢！"

是的，李培斌是个好干部，党需要这样的好干部，人民需要这样的好干部。这么好的干部，怎么能说走就走呢？

　　大德无碑，大道无形。谁心里装着百姓，百姓就把他刻上心碑！历史就是这么公道！

第四节　心中有爱

心中有爱，是人生最美的风景。每个人的心灵，就像是一面镜子，在自己的心中，反射出自己眼中的花花世界。同样的夕阳，有人感受到美丽绚烂，是人间绝色美景，是一天最精彩的结束；有人则感受到落日无限好，只是近黄昏，带着遗憾与凄凉！同样的雨中漫步，有人把它当作难得的经历，感受细雨飘在脸上的诗意，享受雨中的迷蒙，是人间浪漫的极致；有人则抱怨是上天的折磨，破坏了出外踏青的情境，细雨变成恼人的元凶。

用不一样的心灵的镜子，就会反射出不一样的人生风景。一路走着，只要心中有爱，就能看到不同的风景。

李培斌认为，一个人爱的最高境界是爱别人，一个共产党员爱的最高境界是爱人民。这是他终生追求的精神境界。

真情感动刑释人员

阳高县人大有个余主任，有一次他问李培斌："你经常接触的人，好人也有，赖人也有，为啥到你面前都一样的规矩？"李培斌告诉他："善人要善待，恶人也要善待。不管好赖，他都是个人，人心都是肉长的，他就是块石头我也能把他焐热。"

马家皂村有个王某，年过六旬。因为和村支书闹意见，王某用镰刀把支书家的玉米青苗全部割倒，造成支书家当年玉米绝收，结果，王某被劳教了两年，老婆也跟他离了婚。劳教期间，家里窑洞因无人看管，早已倒塌。他刑释解教回来后，没有地方住，索性破罐子破摔，住进了村委会，扬言还要继续和村支书闹事儿。吓得支书不敢再进村委会，一方面怕他打架闹事儿，另一方面还怕他给暖瓶里面下毒。这件事李培斌一直记挂在心里，就找了个时间去看王某。刚进门，李培斌就见王某躺在炕上，满脸通红。李培斌伸手摸了摸王某的额头，发现他烧得很厉害，二话没说背起他就往卫生院跑。看着大夫给王某挂上了液体，李培斌这才放下心来，跑到街上给王某买了八瓶罐头，又从乡政府给他解决了两袋白面。病好后，性格孤僻、寡言少语的王某拉着李培斌的手久久不肯松开。

为了彻底解开王某心中的疙瘩，李培斌到民政局帮他解决了"五保"，并协调安排王某住进了镇里的敬老院。因王某的四亩耕地在他劳教后被别人耕种，李培斌也想办法帮他讨要了回来。考虑到王某的经济困境，李培斌又与阳高县种子公司进行联系，帮他建立了种子培育基地。王某的生活总算是有了着落，日子慢慢地走上了正轨。王某在感动之余，

维护农村和谐稳定是李培斌工作的重要主题

主动承担起了为敬老院打扫卫生、看管大门的活儿。

一天，李培斌在上班的路上碰到王某，远远就看见他手里攥着个东西。走近了，王某并没有跟李培斌打招呼，而是悄悄地把手里的东西塞进了李培斌的口袋。李培斌掏出来一看，原来是个西红柿。李培斌问："你这是干啥呢？"王某不好意思地说："请你吃饭你不吃，给你送礼你不收。这个西红柿是我自己种的，你吃了吧，这是我的一点心意！"

李培斌说："老王，你的心意我领了，西红柿你就自己留着吃吧。你好我就高兴了。"

大音希声，大象无形。王某用这种方式向李培斌表示感谢，虽然李培斌没有接受，但他心里仍然甜丝丝、美滋滋的。是啊，一个小小的西红柿，一个普普通通的西红柿，在农民的菜园子里随处可见，随手可摘，去菜市场买也花不了多少钱，但它代表的却是老百姓的一颗心。李培斌说，这个西红柿分量不轻，这就是民心。这是人民群众对自己工作的认可和鼓励。有了这，也就够了。为了这，我也要把自己的工作一直干下去。

为上访老汉洗澡

2009 年国庆前夕，李培斌赴外地处理一件信访事件。他与两位同志徒步用了两天时间，费尽周折才找到因待遇问题上访的七十多岁的铁路老工人张师傅。

刚见面时，张师傅正在路边蹲着，听李培斌说明来意，老人对他大喊大叫，非常无礼，表示一定要等有了结果才会回去。

李培斌蹲下来，耐心地说："您老先不要急，有啥事我先给您办。再说问题不是一天积攒下的，急也没用。我们先找个地方坐下来，好好聊聊，说不定就有办法。这么些年过去了，再急也不在乎这一时。"张师傅看到李培斌诚恳的样子，态度慢慢缓和下来。

李培斌把张师傅领回宾馆，见张师傅头上身上都脏了，就给他买来了换洗的新衣服、新袜子、千层底布鞋。李培斌说："您先洗个热水澡，我们再谈事好不好？"张师傅推辞不肯，李培斌深情地说："大爷，我的年龄和您儿子差不多，就当是我替您的儿子尽点孝心吧。"

李培斌一边给老人搓澡一边给老人做工作："您年纪大了，身体要紧，党和政府不会不管您的。"洗完澡后，又给老人刮了胡子。

李培斌的举动深深打动了张师傅，"有你们这样的好干部，我还有啥不相信？就是问题解决不了，我也心情舒畅多了。"

第二天，张师傅就和李培斌一起回到了阳高。

回忆起这段往事，阳高县政法委的高建军感慨地说："是培斌这样的好干部温暖了张师傅的心，使他对党和政府增进了感情，产生了信任，否则问题不容易得到解决。"

垫付医药费

2011年农历正月十五，龙泉镇一名姓刘的村干部因催收大棚贷款，与光棍汉贾某发生争执，双方打了起来，贾某受了伤腰疼得站不起来。

李培斌得知情况后，火速赶到现场，劝刘某赶紧送贾某到医院检查治疗。可刘某死活不承认打人一事，拒绝送贾某到医院。时间不能耽搁，如果贾某得不到及时的治疗，有可能会落下残疾。

"咱先看病，救人要紧！"李培斌与一起来的同事把贾某送到医院，还为贾某垫付了三千元的医药费。

事后，有人说："你把伤者送到医院就行了，还为他垫付药费，要是刘某不认账，这三千块钱不就得你自己掏腰包了。"

李培斌说："这笔钱对我来说是数目不小，可我要不垫付的话，贾某得不到及时治疗，落个残疾，再弄不好送了命，刘某也要被判刑。这几千块钱与两个家庭的安宁相比，实在算不上什么。刘某认账最好，不认账也就算了。"

这话传到刘某耳朵里，他既感动又愧疚，主动向贾某赔礼道歉，还支付了贾某的全部医药费。贾某也主动偿还了大棚贷款。

有位诗人说："发自内心真诚的关怀，表面上微不足道，却能给人带来无限光明。"这一点，李培斌做到了。

智解占地纠纷

2013 年初夏，在阳高，正是杏花盛开的时节，也是农民春耕春播的时节。

前几天，李培斌正在司法所翻阅案卷，突然接到电话，说旧堡村的郭某和王某因耕地闹纠纷，双方互不相让，后来还动了手。

李培斌因当时手头工作走不开，就让当事人之一接了电话，说安顿完手头事马上过去。

这天吃罢早饭，李培斌就从司法所找了根量地用的绳子，披了件外衣往旧堡村赶。

到了现场，李培斌先把村民郭某叫过来，"老郭，今天我来调解你们的土地纠纷，气候不等人，你们得赶紧种地才是。"

郭某说："种地？谁不想种！是王某不让种，她说等您来给量地。我真是倒了八辈子的霉，碰上这么个不讲理的人。占了我的地，还要让我给她赔礼道歉。"

李培斌说："老郭，不是我批评你，不管占不占地，你不能动手打人家。你要知道，打人侵犯人权，是违法行为。再说你们两家的地不对，可以通过村委会调解，再不行到法院去解决呀！"

郭某说："我动手打人是不对，可她也有错，她不能一张嘴就骂人，还和我撞头耍赖呀！"

李培斌说："一个巴掌拍不响，你俩都有错的地方，但你动手打人是大错，你得好好向人家赔礼道歉。"

郭某说："这样吧，李所长。咱们一会儿量完地，要是我多占了她

在田间地头调解纠纷

的地，我肯定给她赔礼道歉，可要是她多占了我的地，也得给我赔礼道歉。"

李培斌说："你看，咱先把麻油和醋分清楚。地是地的问题，打人归打人的问题，你打了人，就得给人家赔礼道歉。"

郭某说："我宁愿多给她点地，也不想给她当面赔礼道歉。"

李培斌火了："当面赔礼道歉咋啦，不就是和人家说几句下情的话嘛。"

郭某说："您急也没用，铁板钉钉，丢人现眼的事儿，男子汉大丈夫绝对不干。"

这边没说通，李培斌就又找纠纷的另一方王某。

王某说："李所长，可把您盼来了。古语说得对，冤死不告状，老百姓打个官司多费劲呀。因为这点地，前年村干部给调解过，当时我没埋个明显的地界，让姓郭的钻了空子。您可得给我做主！"

李培斌说："大嫂，心急吃不了热豆腐，调解也要有个过程嘛。"

王某急了："过程、过程，再讲过程，我这地就种不成了。"

李培斌说："今天咱们就来个快刀斩乱麻。大嫂，刚才通过做工作，老郭已经认错了，这远亲不如近邻嘛，大家要互相让一让。"

王某说："我种够我的地，也不占别人的便宜，但他对着那么多人打了我，必须向我赔礼道歉。"

一旁的郭某听了，"噌"地走过来："我情愿多给她地，也不给她道歉。"

李培斌说："看来二位都不给我面子，一个是一头撞在南墙上，一个是打死胡汉要胡汉。那只能是我向你们求情了。"

两人一看成了这么个结果，都难为情起来，老郭主动给王某赔礼道歉，并公公道道把地给分开了。

后来，这事儿被编成二人台小戏在各地演唱，受到听众好评。人们说："咱以后有个啥调停不清的，就找李培斌。"

"他比我的儿子亲"

2008年，因抢劫罪被判刑十四年的张建国，在太原一监服刑期间，因患脑萎缩，导致口齿不清，行动困难。太原一监先后三次将其送回老家阳高县富贵村，却都被他的母亲袁桂茹拒之门外。后来，太原一监负责人找到李培斌，希望得到他的帮助。

李培斌陪太原一监曲文杰处长赶到张家，袁桂茹老人泪流满面，她说："儿是娘的心头肉，当妈的咋能不想让儿子回家呢？你看看，俺这个家，媳妇改嫁，孙子被人领养，我一个七十多岁的寡妇，再添上一个患病的儿子，今后的日子让我们娘儿俩咋活呀！回到监狱，他好歹还有一碗饭吃。"

听了老人的话，李培斌眼泪止不住地流了下来，他向老人说："您先让儿子进家，生活困难我来想办法，党和政府不会不管您的。"

事后，李培斌多次与太原一监协商，为张建国解决了三万元医疗、生活费。李培斌又把这件事向镇党委和县民政局做了汇报，跑上跑下，为袁桂茹母子申请办理了低保，还到县残联给张建国办了残疾证，为他配了轮椅，使她们母子有了基本的生活保障。每逢过节李培斌都去看望

李培斌看望袁桂茹老人

他们母子俩，给买上些新衣服，送上些现金和米面。

2013 年除夕，李培斌把县残联的七百二十元现金送到袁桂茹家，才急急忙忙到乡下父母家过年。就在大年初二，张建国突然过世，袁桂茹跟前也没个亲近的人，想来想去，老人初三晚上打通了李培斌的手机。

初四早晨，李培斌离开年迈的父母，冒着零下二十多度的严寒赶到了九十里外的袁桂茹家。当他看到因没有棺材，张建国遗体仍放在炕上没有入殓，就立即向镇党委书记做了汇报，随后镇里给张建国买了口棺材，张建国遗体得以入殓。

袁桂茹热泪盈眶，她用颤抖的双手紧紧拉住李培斌说："培斌，建国走之前吃了你买的白面饺子，走时穿的是你给他买的新衣裳，你可是个好人啊！我要感谢你呀！"李培斌搀扶着老人说："大娘，我是党和政府派来的，要谢，就感谢党和政府吧。"袁桂茹含着热泪连连点头："是哩，是哩，共产党好，共产党领导的政府好！"

说完这句话，袁桂茹"扑通"一声跪在地上，李培斌赶忙弯腰把老人搀扶起来。

张建国去世后，袁桂茹成了孤寡老人，李培斌很自然地揽起了帮扶责任。在其名片背后的"本人承诺"栏，"为张建国母亲袁桂茹搞好生活保障"，成为他一项承诺的内容。

袁桂茹最后一次见李培斌是在阳高县信访中心。"小李，过国庆了，能不能给我弄点救济。""能，你先把自己的材料交给村委。"

"培斌就是我的亲人，他走了，我也不知道以后的日子咋办。"得知李培斌去世的那天，袁桂茹撕心裂肺地痛哭："培斌啊，你说好给我养老送终，我死后你给我送花圈，你怎走在我前圪啦？"

那天晚上，她一宿没睡，哭了半夜。

哭，是袁桂茹这位普通劳动妇女最朴素的感情表达。除了哭，她已经想不出更直接的表达方式了。这也应了网上很流行的一句话："你若盛开，清香自来！"

是的，心中有民，才会爱民，与民相亲，才会为民所亲。

第五节　心中有责

　　负责任，敢担当，是一个人品质素养的彰显，也是一个人毅力意志的体现，更是一个人人生价值的升华。古人云："天地生人，有一人当有一人之业；人生在世，生一日当尽一日之勤。"

　　在李培斌看来，作为一名党员，作为一个党的基层领导干部，必须负责任，有担当。他说，担当是一种精神品质，它所反映的是一种不辱使命的气概。

"打死我也不让开"

　　1999 年，还是李培斌在马家皂司法所当所长的时候，王福夫妻因家庭琐事闹腾得针尖对麦芒，水火不相容。气头上，王福出手打了媳妇一巴掌。媳妇跑回娘家一顿哭诉，要求娘家人为她做主。随之惊动了兄弟叔伯。一时黑云压城，兵临城下，娘家人组团吆五喝六打上门来。

　　在农村，宗亲裙带观念根深蒂固，稍有风吹草动，就会刺激蛰伏在人性中的野蛮之蛇，使其蠢动蹿升为复仇的疯狂火焰。村支书一看这阵势，立马感觉这场面不好控制，便急忙向李培斌求救。

李培斌赶到时，看到有七八个光头青年正与这户人家对峙，有的手持木棒，有的手持菜刀，有的手拿铁锹，彼此恶语对骂，气势汹汹。

李培斌直接走到两拨人中间。他首先亮明身份，试图通过政府公务身份来平息双方情绪。但年轻人都在火头上，根本不买账。有人晃着刀子恶狠狠地说："关你什么事？这是我们两家的私事，你趁早滚开！"

见李培斌面无惧色，岿然不动，一个光头小伙子继续威胁道，"滚不滚？不滚开先打死你！看来今天不给你放点血是不行的了。"说罢就

李培斌家乡的农田

要舞刀上来。

李培斌毫不退让，他双眼圆睁，厉声警告说："我看你们谁敢动！我是司法所的，这事必须管！工作这么多年，我啥事没经见过？啥场面没碰到过？还怕你们！今天，你们把我打死了，我就是烈士，而你们就是凶犯，谁也逃不了！只要不打死我，我绝对不会让开！"

响当当的几句话一出口，几个光头青年你看我我看你，终于自动缩回了嚣张的气焰，一个个退到一边。

李培斌抓住机会，说道："家家有本难念的经，也没有解不开的疙瘩，大家先把火气消一消，有我李培斌在，我保证让你们和好。"

然后，他和村干部一起，把当事双方叫到一起，听取诉求，细说法理，陈以利害，最终夫妻低头认错。如此这般，众人散去，一场一触即发的械斗就此化解。

勇夺板斧

有一年，马家皂乡定安营村的李某，因村支书催缴计划生育费，酒后拿了一把板斧冲进村委会闹事。李某扬言说："谁要我的钱，我就要谁的命。"

接到报告后，李培斌很快赶到现场，只见李某挥舞着板斧，满口酒气，瞪着血红的眼睛，暴跳如雷，口中凶叨叨骂个不停。村支书边小心劝阻边往后退，而李某一个劲儿挥着板斧直往前逼。

有好心人拉住李培斌，劝他不要靠近，别让他伤了。情况危急，如果不立即制止，很可能会酿成血案！李培斌只是朝好心人笑了下，大步向前冲上去制止李某，并大声喝道："你给我住手！"

这时李某已失去了理智，见李培斌过来，就挥动板斧向他砍来。李培斌用左手臂一挡，顿时被板斧砍伤，血流如注。他并没有退缩，忍着剧痛，强力制服了李某，夺下了板斧。

当时，有群众就说："这家伙疯了，都把人砍伤了，把他扭送公安局去！"李培斌摆摆手，说："他喝酒喝多了，不碍事。"最后，在其家人帮助下，李培斌把醉醺醺的李某送回了家。

这个时候，李培斌才想到了去村医务所包扎受伤的手臂。

险些酿祸的李某，酒劲过后又后悔，又后怕，见了李培斌既有些不好意思，又充满了感激。他说："老李，那天多亏了你，要不就出人命了，我该咋报答你呀！"

李培斌呵呵笑了，说："往后你只要遵纪守法，就是对我最好的报答！"

智斗"赖皮匠"

袁家皂村张福堂的摩托车与村民张三毛的小平车剐蹭了一下。人平安，车无碍，鸡毛蒜皮，只要互相体谅，本来没有多大的事，可号称"赖皮匠"的张三毛，却借题发挥，无事生非，想趁机敲诈点好处，就躺在张福堂家耍赖要钱，张家无奈求助司法所。李培斌心想，对待张三毛这号人，必须严肃执法，弘扬正气，不能让邪气占了上风，他决心好好教育教育他。

李培斌来到张福堂家，用手指着地上横躺着的张三毛说："人安全，车没事，抬头不见低头见，各自走开就好了，可你没事找事，有意寻衅滋事。"

张三毛一副无赖相："李司法，你我往日无冤，近日无仇，相处得不赖，你别管这事行吗？"

李培斌毫不让步，义正词严："收回你这一套！我是在执行公务，秉公执法。"

"哼，我又没犯什么法，你能拿我咋了！"

"你已经触犯法律了！侵占别人住宅，就是犯法。你要是听话，就赶快给我走人，否则我这就打电话叫公安来人，对你依法采取强制措施。到那时，你可就丢人现眼了。"

张三毛感觉势头不对，一骨碌爬起来，刚才硬若钢丝的口气，顿时软成了面条。又看见门外不少人围观，他便想找个台阶下："那我就听一回李司法的话吧，不过，我得先去医院，看看有病没有再说吧！"一边说着，一边头也不回地溜了。

玉米地里算补偿

2010 年的一天，李培斌接到一个求援电话，说义和村杨某等阻碍风电项目输送工程的施工。

李培斌赶到现场，只见十几个人围着工程方代表吵嚷不停。听了一会儿,李培斌明白了,杨某想通过阻碍施工,借机向工程方多要点补偿款。

他从工程方代表手里拿过图纸,穿过玉米地,仔细量了量所占耕地的面积,心里有了谱,然后对杨某说:"小杨,你看你家占地大概是七八分,不到一亩吧?除了电网基桩每个补偿一千元外,玉米也要补偿,现在每斤玉米大概一块二,我看今年这块地的产量,应该能卖一千八百元左右,怎么样,我估算得公道不公道。"

杨某有些脸红:"差不多,差不多。李代表,就按你说的办,就按你说的办吧。"杨某转身自言自语:"这个李代表,咋啥都那么清

李培斌监督蹲点村的选举

楚呢？”

围观人群笑着一哄而散。事情就这么顺利解决了。

工程方代表看看表，笑呵呵地说：“老李，又麻烦你了！不过，没你还真不行，我发现呀，村民都服气你！都快一点了，走，我请你吃饭！”

李培斌打趣地说：“做事公道大家就没话说，饭我就不吃了，大家都看着呢！和你去吃了饭，大家还能服气我啊，以后我就没法给你们解决问题了！”

迁坟风波

祖坟，是一族一脉的深根，在许多农民眼里至今神圣不可挪动。因而迁坟，就成为一件最为敏感、最为头疼的事情，比烫手的山芋还要烫手，谁都不愿意去碰，唯恐避之不及。

2013 年，天大高速路（阳高段）道路两侧绿化带建设，途经龙泉镇南关村，涉及张氏家族的十九座坟墓需要迁出，而张氏的后代有在北京的、有在包头的，大多不在本地。工程负责人多次与张氏本村的后代协商，但张氏后代坚持祖坟不可迁。双方闹得不可开交，张氏后人也频频上访。

李培斌接到报告后，立即带着徒弟小鲁赶到现场，他耐心听取张家后人的诉求，又挨家挨户进行走访，和每个家庭进行面对面交谈。

经过走访，李培斌了解到张氏家族的整体情况和诉求，问题就在于，农村有重视祖坟风水的传统风俗，怕一旦动了坟地，会影响到家族及后人的命运。心中有数了，李培斌就决定让张氏的后代推选一个代表进行协商。

李培斌说，自己也是农村人，完全理解张氏家族的心情和顾虑，谁家的坟地都很重要。但修建高速路也是件大好事，不就是为咱阳高发展嘛。你们张家也是有头有脸的，也不能就这件事让人们说三道四吧！

经过李培斌的劝说，张氏代表最终同意了迁坟。但同时提出两个请求，一个是补偿满意，一个是选好坟地。可是，张家迁坟的要价过高，还不肯退让。

李培斌想方设法找到了张氏代表的一个连襟，说服他一同参与和张氏代表协商。

在亲戚和李培斌的共同劝说下，双方最终敲定了互谅互让比较满意的补偿方案，并为张氏家族选好了另外一块墓地。天大高速路绿化带建设得以顺利推进。

事后，张氏家族特别感激李培斌，送上了"迁坟动之以情，补偿合理公平"的锦旗。

阳高县一位乡村教师还专门写了一首藏头诗来赞美李培斌：

里（李）外调和解民争，

培育龙泉树新风。

冰（斌）冻三尺渐消融，

大伙心中热肠人。

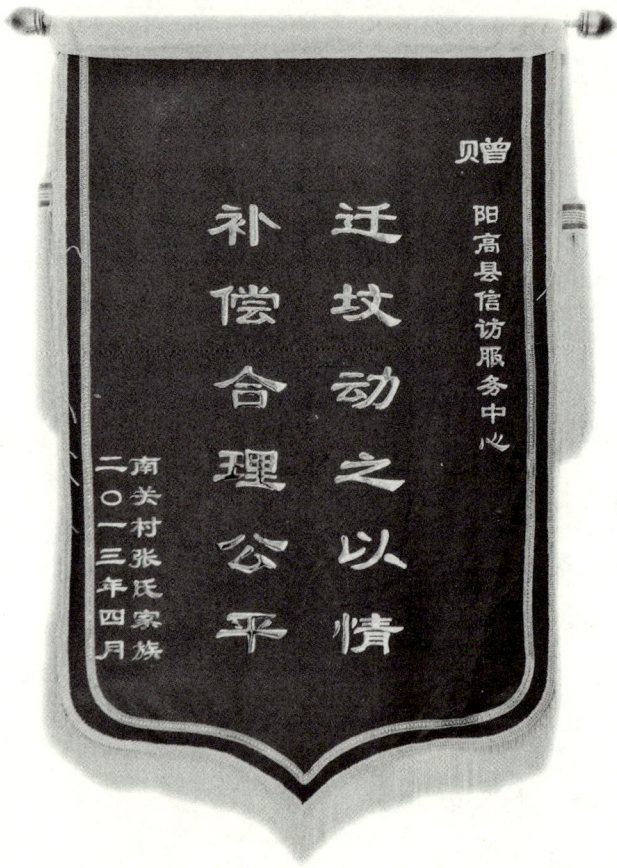

张氏家族赠送的锦旗

远赴内蒙古讨公道

2015年夏天，有人告诉李培斌一起阳高人在内蒙古发生的法律纠纷案件。

阳高县的一个村民在内蒙古临河打工时受重伤，后经法院判决，受害人获得六万元赔偿款，但先期拿到三万元后，余款长时间没有兑现。不久，受害人不治身亡。受害人的母亲多次到内蒙古、北京上访，要求当地法院为其执行剩余补偿款，并落实丧葬费等，但没有结果。

"农民工在内蒙古发生法律纠纷，我们做信访的必须出面，否则单靠当事人的一己之力，只会让事情越变越糟。"李培斌就与当事人及当事人所在乡镇干部赶往千里之外内蒙古临河，一起解决问题。

到了临河法院，李培斌开门见山："来之前，我们也帮咱们法院收集了不少有关被执行人的财产线索，如果有可能的话，我们希望迅速启动执行程序，这样对受害人家属情绪是一种稳定，也是对法院依法履职的一种交代。"

可当地法院认为，经多方查找，现在还不能确定被执行人的财产情况，执行起来还有些难度。但李培斌还是坚持，绝不能委屈穷苦人，要给受害人家属一个交代。经过李培斌的再次动议，法院最终决定启动司法救助程序，由其暂时垫付三万元执行款，随后向被执行人追偿。

对于受害人家属的其他诉求，李培斌一帮到底，他又联系当地法律援助中心，为受害人家属开辟法援"绿色通道"。但没想到的是，事情还没了结，李培斌就去世了。

实践出"十法"

李培斌是个特别爱"钻"的人，他一边学习，一边实践，从大量的调解案例中探索总结出调解"十法"：以情感染法、以柔克刚法、先守后攻法、正义震慑法、亲情触动法、群众抨击法、稳定大局法、感化教育法、诚信担保法、类同案推代教育法。他认为，搞好人民调解工作，除了依法、秉公调解及掌握正确的方法，更离不开"三心"和"三勤"。"三心"就是要有换位思考的同情心，高度负责的责任心，把小事情当大事业做的事业心。"三勤"就是耳勤，要多听群众讲，向基层了解情况；嘴勤，要多和群众讲贴心话，讲党和国家的政策；腿勤，要变上访为下访，多跑基层掌握实情，多跑相关单位，帮助群众及时解决问题。有了"三心、三勤"，再加上灵活运用调解"十法"，再大的疙瘩也能解开，老百姓对调解结果才会心服口服，才会真正做到案结事了。

"老百姓的事情在师傅李培斌的眼里没有大小、轻重缓急之分，他总说群众利益无小事，小事不调成大事。"鲁学虎回忆起师傅化解矛盾纠纷的教导时说："师傅总说来这里的肯定有怨气，对谁释放？肯定对干部释放，来了先给倒杯水，火气就从十分变成了七分；第二步倾听，你还不能还嘴；第三步才是分析需求、讲理讲法。"

在李培斌的汇报材料里有这样一段话："很多东西是现实的无奈，唯一的办法就是解决引发矛盾的现实问题。这就需要我们调解人员的一颗热心，设身处地为矛盾双方着想，千方百计地解决他们面临的问题。"

景家庙村毗邻县城，土地金贵。去年春天，有近一百亩土地承包到期，有两部分人分歧尖锐，在村委会上针锋相对。原承包户要求延长合

李培斌街头讲政策

同，而缺少土地的村民，则要求重新公开承包。村干部找到李培斌门上，说："大伙就愿意听你的话，你又是这个村的蹲点人……"李培斌二话没说来到村里，他先是走访乡亲，问计于民，后召集党员和群众代表一块商议，最后决定由村委会主持公开投标，建六十个移动大棚，优先原承包户和缺地农民承包；大棚材料的购进和大棚的施工，由两名党员加一名群众代表联手监督。大棚建成后，风调雨顺，赶上了菜市好行情，平均每棚收入一万多元。村民们编了两句话"农民致富的纽带，社会和谐的功臣"，写在锦旗上面，送到李培斌手里。

龙泉镇胡窑村重度残疾人曹利桃托人向李培斌反映，她娘家大白登镇曹庄村有九亩地，父母去世后由伯父和叔叔耕种。修高速路时占了两亩，按理应补偿一万六千元，她却分文未领到手。李培斌便亲自登门，与她一起去到曹庄村。曹利桃伯父承认补偿费他领了，但她父亲生前住院看病、死后安葬，也花了不少。李培斌给曹利桃和她的伯父、叔叔先法律，再亲情，通俗地讲明土地承包的相关法律、法规和遗产继承法。曹利桃伯父扣除了她父亲的花费，当即把余下的款交给了曹利桃，答应将剩下的七亩地也归还于她。李培斌随即找了村委会，按政策将土地经营权登记在曹利桃的名下。村干部承诺，以后每年种植补贴发放时，一定通知曹利桃。曹利桃回到村里满街满巷地说："没想到李司法对我这样的残疾人都这么上心，他可真是咱老百姓的贴心人呀！"

街头断家事

2006 年的一天，李培斌从群众口中得知，马家皂乡兴隆堡村薛某与父亲关系不和，整天吵吵闹闹。父亲要求儿子一年给自己一千五百元抚养费，儿子则要同父亲断绝父子关系。双方僵持不下，关系十分紧张。

李培斌到兴隆堡村进行调解，但父子两人性格倔强，儿说儿的理，父说父的理，谁也不让谁，经几次调解，关系还是难以缓和。李培斌从街坊邻居中了解到，父子双方在这件事上都有问题，就是爱面子，互不服气。

"家里不好评断，那就让大家伙说一说，看看你们谁没理。"李培斌把他们叫到街头上，让村民公开评议。有不少村民主动过来对父子俩进行评议。有的说，父亲倚老卖老，好吃懒做；有的说，儿子光顾自己，对父亲不管不顾。他们用俗语说："猫头鹰害母眼，子辈留子辈。"

听了大家的评议后，李培斌说："当家长就要给后辈树立个好榜样，不要让后辈儿孙学习那些坏做法。当儿子的，应该尊老爱老，孝敬长辈。他养你小，你养他老。谁愿意当不受尊重的父亲？谁愿意当忤逆的儿子？恐怕，天下没有这样的人吧！"

薛某父子俩的脸一下变得通红。经李培斌再次调解，儿子决定根据自己的实际收入，每年给父亲一千元赡养费，父子俩终于和好如初。

原山西省司法厅厅长王水成对李培斌赞赏有加："同样是化解一起信访案件，换成别人不一定能达到预期效果，可能出现当时息访了，事后又上访的怪现象，这样，化解矛盾的社会成本会更高。但李培斌在化解矛盾时，他对当事人先不谈上访的事，而是从聊天开始，以朋友式的谈心、交心进行疏导，使信访人感到一种温暖，进而从思想上化解。他十分关心当事人的生活状况，注重后续回访，帮助解决他们的实际困难。所以，一些老信访到了他这里都得到根治，没有后遗症。"

2012 年 11 月 5 日，他赴京出席党的第十八次全国代表大会，并在大会讨论时建议：充分加强乡镇司法所的工作力量；在加强督导、尽快解决确属冤情案件的同时，也要对一些无理缠访者依法进行严肃处理。他的建议得到了其他代表的赞同。

2013 年 11 月 9 日至 12 日，党的十八届三中全会在北京召开，李培斌作为山西唯一基层代表列席了全会。

李培斌参加党的十八届三中全会

第六节　心中无私

　　天下熙熙，皆为利来；天下攘攘，皆为利往。《清代皇帝秘史》中记载了这样一个故事：乾隆皇帝下江南时，来到江苏镇江的金山寺，看到山脚下大江东去，百舸争流，不禁兴致大发，随口问随行的一位大臣，那些划舟乘船的人来来往往，奔忙不息，你知道到底有多少船只吗？大臣回答，不知道！乾隆问一个老和尚："你在这里住了几十年，可知道每天来来往往多少船？"老和尚回答说："我只看到两只船：一只为名，一只为利。"乾隆点点头，表示认同了老和尚的观点。

　　名与利，是每个人都要经常面对的一个问题。对待名与利的态度，虽有积极进取、不甘平庸的一面，但说到底，还是一个人的人生态度和价值取向的直接反映。

　　李培斌认为，清廉，是金不换的精神财富。他说，信访干部天天与老百姓打交道，其一言一行代表着党和政府的形象，一点一滴关系着人民群众对党和政府的评价。要让党和政府放心，让群众满意，就要树立良好的形象。

　　李培斌对女儿李乐乐和儿子李涛说：我爷爷和你们的爷爷没有给我

留下什么家产，我也不会给你们留下什么。要说留下，那可是最金贵的了，就是三句话：做党的人，听党的话，跟党走！这是咱们李家的"传家宝"，也是咱们李家的"家训"。

蹲房檐头

从结婚起，李培斌与妻子就一直蹲房檐头（租房）。

新婚几年，他们在杜润梅代课的学校附近村租房。李培斌调到马家皂租了两次房，都是土窑洞。窑洞里一条小土炕，夫妻俩热情好客，李培斌还常招呼乡里同事到家吃饭，来上几个人炕上就坐不下了。小饭桌摆在地上算是一桌，铝锅盖翻过来放炕上用四块砖支稳，又算一桌。

土窑洞里也常是调解场所，村里人只要有麻烦事，不管是下班时间，还是中午、晚上，推开门就进家。女人们一把鼻涕一把眼泪，鼻涕常常甩地上；男人抽烟烟灰弹地上，还常有哭声、吵闹声。开始杜润梅很不习惯，后来随着李培斌工作的深入进行，也就慢慢地习惯了。

李培斌家里的经济状况一直不好，一家人基本上凭他一个人的工资生活。妻子杜润梅在马家皂乡政府当打字员，每月一百元补助；到了龙泉镇，妻子在一所小学当打字员兼计算机课教师，工资从当初每月三百元到现在每月七百五十元。日常生活，供两个孩子上学，父亲的风湿性关节炎需要治疗，母亲高血压需要吃药，由此可以看出他们生活的不易。

结婚三十年，他们租了二十六年房，先后搬了六次家。每次搬家也就几卷行李，几个纸箱，几个坛坛罐罐。别人看着心酸，李培斌却乐呵呵地笑着说："咱这叫轻装简从，兵贵神速。"

2012年，李培斌东挪西凑，借了八万块钱，在县城西南偏僻的地方，盖起了自己的一处平房小院。

工作二十七年了，终于有了属于自己的房子，再也不用为租房搬家发愁了。他这儿看看，那儿摸摸，高兴得像个孩子。

新房建起后，父亲已下世，李培斌便把母亲接进新房，三间正房一堂两屋，东屋让母亲住，西屋孩子住，他和妻子住靠近大门的小南房。他乐呵呵地说，这下子好了，再也不会因为我半夜回半夜走地影响我妈

李培斌住过的土窑洞

休息，影响孩子们的学习了。

小南房盘了一条小炕，尺寸不够，李培斌身高超过一米八，睡在炕上只能蜷曲着身子，不知不觉展开腿，脚就悬在炕沿外面。妻子杜润梅看到这种情景，止不住掉泪，李培斌总是笑着说，润梅，我不在意，有这么一条炕能甜甜美美睡一觉，我就很满足了，只是委屈了你。

腌菜缸

从结婚到现在，李培斌家中总放着一堆腌菜缸，多则七八个，少则三四个。

妻子杜润梅说，当年租住窑洞的时候，两间房一共才二十多平方米，几个腌菜缸就占去了一大片，好像家里就是个腌菜坊；一直以来，李培斌工作没个规律，回来吃饭没迟没早，经常馒头就腌菜。

李培斌打趣地说，从小到大，自己就喜欢吃腌菜，几天不吃，就想得不行。

李培斌的徒弟鲁学虎说："师傅说腌菜好吃，是快餐，其实那还是想省钱啊！他说买新鲜蔬菜太贵，腌菜花不了多少钱，却能够吃一年！"

现在，李培斌家的腌菜缸里还有不少萝卜、茄子、大白菜和大蒜。2015年10月14日，他去大同参加司法所长培训，当天早上还买了一堆胡萝卜和大白菜，打算回来做成腌菜。

二十天小板凳

2013年的一天晚上10点多，李培斌母亲突发心脏病，他和妻子把老人送到医院。经过两个小时的抢救，老母亲脱离了生命危险。

李培斌让妻子先回家照顾孩子，并告诉她："明天你早点过来，我还有事。"当晚，李培斌就坐在医院的小板凳上陪护了母亲一夜。

第二天早上7点多，妻子刚到医院，李培斌就匆匆和徒弟鲁学虎到乡下调解迁坟纠纷，一直忙到晚上10点多。期间，李培斌的妻子因为要回家照顾孩子，好几次打电话催他回去，而忙于劝说村民的李培斌却一个电话都没顾上接。

回到阳高县城已经是晚上11点多，李培斌直奔医院陪护母亲。上楼时，李培斌的痛风病又犯了，看到他痛苦的表情，鲁学虎很心疼，但李培斌对他说："别跟你嫂子和我妈说我的这些事，免得她们为我多操心。"

当天晚上，李培斌依旧陪护在母亲身旁，在医院的小板凳上坐了一晚。李培斌块头大，坐小板凳时间长了，腰难受得不行，他就站起来走走。第二天早上6点多，他又叫来妻子照顾母亲，自己前往乡下去调处纠纷。

母亲住院二十天，李培斌就每天这样，白天下村调处纠纷，晚上坐着小板凳在医院里陪侍母亲，中间连家都没回过一次。

十八大代表的新衣

李培斌是个非常在乎自己形象的人。他始终觉得，自己是"公家人"，是代表着党和政府的人，内外形象都不能马虎。一年四季，他总是穿得整整齐齐，干干净净。有人打趣说，李司法总穿新衣服，他只是"嘿嘿"一笑。

真实的情况是，因为经济拮据，李培斌舍不得买什么新衣服。皮鞋是几十块钱的人造革鞋，不透气，冬冷夏热；衬衣是五十块钱的化纤品，看着崭新，穿着难受。

2012年，李培斌当选党的十八大代表，这是非常光荣的一件事。李培斌本想穿戴得更精干些、得体些，翻来翻去家里竟然找不出一件像样的衣服。最后，他只让妻子花一百元做了条新裤子。

李培斌的好友知道他没钱，舍不得花钱买衣服，就主动掏腰包给他定做了一件五百元的上衣，买了一双两百元的皮鞋，并开玩笑说："咱阳高县穷，但你好歹要穿得像样点，不能到北京给咱阳高县丢脸啊。"

李培斌憨憨地笑，想拒绝，又不好推辞，就说，等哥手头宽松些再还你吧。

李培斌于是就穿着这身新衣服赴北京参加了党的十八大。

回来后，李培斌又把新衣服和新皮鞋精心收拾起来。他告诉妻子，这些衣服他要在重要场合才穿。但遗憾的是，直到去世，这身衣服和鞋子他都没能穿过多少次。

摩托与"专车"

2012 年，李培斌当选十八大代表后，省里考虑到他经常大同阳高两地跑，就给他特配了一辆轿车。李培斌去世后，徒弟鲁学虎开着李培斌的"专车"，送妻子杜润梅和孩子去殡仪馆。上车后，杜润梅哽咽着说了这样一句话："三年了，这是我第一次坐老李的'专车'啊。"

其实，这辆车李培斌也没用过几次，他说，轿车走街串巷不方便，

李培斌的摩托车

开着轿车去调解，和群众也有距离，他还是喜欢骑那辆破摩托。

李培斌刚开始在马家皂司法所工作时，下乡经常骑一辆自行车，后来省里给配了一辆嘉陵摩托，李培斌高兴得不得了，骑着摩托在乡政府院里兜了好几圈，兴奋地说，自己终于有了电驴了。

刚到龙泉镇司法所时，县司法局一位同志随他下乡，发动摩托却怎么也发动不着，可李培斌过去几下就打着了火，这位同志笑着说，"这摩托还认人呢，不是培斌它还不跑了！"李培斌笑着说，"它跟我时间长了，有感情！"

就这样，摩托车伴随李培斌走过了十六年的调解生涯，风里来雨里去。徒弟鲁学虎说："有一次我看见他大冬天骑着摩托车调解回来，戴着一副白手套，冻得眼泪都出来了……我最清楚，这辆摩托车，这十几年，载着师傅他，跑遍了乡村和城镇，光轮胎都不知换了多少条啊……"

女儿的婚事

"这可是女儿一辈子的大事，你怎么能不去？" 2015 年 4 月底的一天，李培斌的家里发生了一场"战争"，平素温和的妻子杜润梅怎么也控制不住自己的情绪，跟丈夫吵了起来。

原来，5 月 10 日，李培斌的女儿李乐乐要结婚。女儿远嫁新疆，去一趟新疆路途遥远，一来一回得好几天，李培斌怕耽误工作，决定不参加女儿的婚礼，只让妻子和儿子去。妻子很不高兴，女儿也打电话回来，恳求父亲一定要去参加自己的婚礼。

"培斌，你可是闺女的亲爹！"妻子杜润梅许多事情都依着他，唯独这件事死活不答应："你能不能请上几天假！"

"你去吧，就代表我。再说，孩子她大伯在新疆工作，也能帮助照应照应。"李培斌嘴上不紧不慢，可心里五味杂陈，不是滋味。

"女儿电话里说了，她天天盼着你去呢！"

"你对闺女说，忙过了这一阵子，我会去看她的。"

"你不去，闺女会埋怨你一辈子！"

李培斌惹得妻子好几天不跟他说话。无奈之下，杜润梅只好订了自己和儿子去新疆的两张机票。

其实，李培斌何尝不爱女儿，又何尝不想参加女儿的婚礼呢？他是父亲，他亏欠女儿的太多太多了。女儿学校毕业了，让他帮忙找一份工作。他感觉难办，没有张罗。为安置帮教刑释解教人员，他找过组织；为上访群众解决问题，他找过组织；为帮助困难群众，他找过组织；为蹲点村发展经济，他找过组织；可让他为了自己的闺女找组织，麻烦领导，他好歹也开不了这个口。最后，还是在新疆工作的兄弟们帮忙，给闺女在新疆机场找了一份临时工作。如今，女儿要结婚，要成家了，做父亲的何尝不高兴，何尝不愿参加女儿的婚礼呢？但一想到那些必须做的工作，李培斌的心里就不踏实。另外，还有一个原因，就是想省下"冤枉钱"。妻子没有正式工作，李培斌虽然刚涨了工资，一个月工资也只够买两张机票。那两天，李培斌心中苦闷，晚上回到家有时会一个人喝闷酒，还和妻子吵架。

离女儿结婚没几天了，那天大接访，李培斌的手机不停地响着，他看一眼就又赶忙挂掉，旁边的县领导觉得不对劲，一问，才知道李培斌要嫁闺女了，就疑惑地问："女儿举办婚礼，你咋不请假呢？不去啦？"李培斌说放不下工作，但县领导说什么也要让他去参加婚礼。

李培斌这才下定决心去参加女儿的婚礼，匆忙订上了那趟航班仅剩的一张机票。

到了新疆库尔勒，他们一家子住进一个招待所级别的宾馆，他说这很好，比家里的窑洞强过许多倍。

李培斌全家合影

按照当地的风俗，女婿和女儿要跪着向他敬酒，被李培斌站起拦住了。就在他转身的时候，这个顶天立地的男子汉，一向打碎牙齿往肚子里咽的纯爷们，突然间呜呜地失声哭了起来。

英雄有泪不轻弹，只因未到伤心处。哭吧，培斌，把你心里积攒的那么多的苦楚和委屈全都哭出来吧，你也是个人哪，尽管你是那样的坚强，尽管你的心胸是那样的博大！

大哥对他说，既来之则安之。人已经出来了，就多待上几天，新疆这地方不赖，你走马观花也要走一走，看一看啊！

女儿女婿说，新疆有好多美景，天山、喀纳斯湖，还有好吃的吐鲁番葡萄、哈密瓜，好听的新疆民歌……

是啊，李培斌读农校时就听过《弹起我的冬不拉》等许多新疆民歌，"我们新疆好地方啊，天山南北好牧场……"；"太阳下山明早依旧爬上来，花儿谢了明年还是一样的开……"

可是，富贵村袁桂茹大娘的救济款发了没有？东关村祝建林大姐的赔偿给了没有？景家庙村今年的大棚收成怎么样……人在新疆，心牵阳高。他的心已经飞回到了阳高，或者说，他的心从来就没有离开过阳高。

李培斌认定要做的事情，九牛二虎也难以拉回。结果，他们8号从阳高出发，11号由新疆返回，昼夜兼程，紧锣密鼓，来回仅用了四天时间，就连女儿工作生活的城市库尔勒也没有逛一逛，看一看。

没有送出的嫁妆

在李培斌家里，有一台印着"奖给道德模范李培斌"的洗衣机，这台洗衣机至今仍没拆封。纸箱上的红榜已经褪了色，落款是"阳高县精神文明建设指导委员会"。李培斌妻子杜润梅说，这是李培斌2012年获得的奖励。

那年，李培斌被评为"阳高县首届道德模范人物"，县里奖了李培斌一台洗衣机。领到洗衣机，家人一直舍不得用，就原样放着。因为李培斌说了，这是将来给女儿准备的结婚嫁妆。

嫁妆嘛，就是要送给女儿的。李培斌的女儿李乐乐2015年5月远嫁到了新疆，匆忙中参加婚礼的李培斌无法长途托运那么大物件，就只好留在家中，等待"回门"时一并交给女儿。

按大同习俗，女儿在男方那里结婚不算，还要在女方家同样举办一次，叫"回门"。由于工作忙，李培斌把女儿的"回门"礼推了又推。本来，他们两口子陆陆续续又置办了一些为女儿办"回门"的婚礼用品，然而，还没等到女儿回门的这一天，李培斌就去世了。

杜润梅遗憾的就是这件特殊的嫁妆，最重要的嫁妆，准备了好几年的嫁妆，上面写着"首届道德模范"字样的洗衣机嫁妆，最终却未能由李培斌亲手交给女儿……

"俺怕玷污共产党员的形象"

李培斌的家境完全可以用贫寒来形容，全家就他一人上班，上有年老多病的父母，下有一双子女，还要经常接济困难群众，用老百姓的话说，就是墙角的耗子也等着吃他的。有挣钱的机会，但缺钱是他的"软肋"，那些不该挣的钱他从不伸手。从事司法工作三十年，他调解了数以千计的民事纠纷，制止了数十次群体性械斗。在调解征地、医患纠纷中，也有人托人情送礼，想让他偏袒多占点便宜，但他坚持秉公办事，绝不收礼。有人劝他干点实际的，而他却说："能吃饱就行，能把祖辈用的锄头挂起来，知足了。"有一次阳高县司法局副局长尚勇和李培斌闲聊，李培斌随口问他："尚局长，你说，用黄金打造的手铐，是黄金，还是手铐？"突如其来的问题让尚勇一怔，他笑着说，依我看呀，黄金打造的手铐终归还是手铐！李培斌关于黄金手铐的一番话，让尚勇回味无穷，至今记忆犹新。

一位熟人劝李培斌说："你现在是党代表，又认识那么多人，找人要点工程，也给孩子挣点学费。"一向和暖如春的李培斌，"啪"地一拍桌子，"呼"地站起来，黑着脸责问对方是不是真正的共产党员！弄得劝说者脸红脖子粗，手足无措，一时不知如何是好。毕竟对方也是一番好意，李培斌坐下来缓一缓口气说："只要活得有意思，活得充实，活得踏实，苦点累点不算啥。我也不怕穷，穷又不丢人，当了共产党的干部，丢了共产党的人才可怕，不给老百姓办事才丢人！"

"现在一亩蔬菜大棚年收入一万多元，"景家庙村党支部书记荆虎特意来找李培斌说："大棚是你帮着建的，大伙一致托我来找你，也给

李培斌在大棚中和村民交流

你弄个大棚种种……"没等荆虎把话说完，他就断然回绝："顾了大棚就顾不了工作了，一心不能二用啊！"

2013年，有位开发商在阳高从事项目开发，因征地与当地老百姓发生纠纷，工程受阻。老板心急如火，一时不知该怎么办好。于是，他找到李培斌说："你帮我这个忙，只要老百姓不阻拦，工程顺利实施，一定会好好谢谢你。"

李培斌说："你来阳高搞项目开发是件好事，我能帮的尽量帮，我给劝劝农民，你也多让点步，好事要办好。"

之后，李培斌多次与阻拦工程的当地村民进行谈心，了解村民们对占地补偿的诉求，又多次跟开发商老板沟通，双方很快达成协议，工程得以顺利实施。

开发商老板听说李培斌上有老下有小，一家五口人，生活清苦，就派人给他送去两万元酬金。但李培斌坚决拒绝，他说："给你们调解是我分内的事，我再穷也不能收你们的钱。"

有朋友知道后说他："你家里日子那么紧，干吗怕钱咬了手？"

李培斌说："我知道钱是好东西，但那钱我不能拿。我不是怕钱咬手，我是怕砸了'党代表'这块牌子，怕玷污一个共产党员的形象！"

怕玷污一个共产党员的形象，这就是李培斌最响亮的回答。在李培斌的心底，堂堂共产党人，怎么能为一己之私利而不顾他所代表的共产党员的形象。堂堂共产党人，为了老百姓，为了我们的誓言，还怕什么清贫，还怕什么吃苦，还有什么理由不去为他的使命奋斗呢！

过清贫的生活难，而有机会挣钱却安于清贫更难。虽说难上加难，李培斌却做到了，这就是一个共产党员光明磊落一心为公的情怀！

结婚纪念日的遗憾

参加工作第二年，李培斌与杜润梅结婚了。当时，李培斌在阳高县友宰乡当农技员，杜润梅在离他十几里远的学校当代课教员。

他们新婚时买了一辆自行车，每到周一，李培斌便用自行车把杜润梅送到学校，周末再接回来。小两口虽然日子清苦，但杜润梅却觉得生活很幸福。

后来李培斌工作越来越忙，但他心里一直牵挂着妻子，二十年结婚纪念日之前，李培斌给妻子买了一对金耳环。杜润梅舍不得戴，只戴了几天就收藏起来了。

2015 年 6 月，又是一个纪念日。这天中午，杜润梅戴上了耳环，特意炒了几个李培斌最爱吃的菜，买了一瓶二锅头，对着镜子打扮了一番等他回家。早上李培斌答应了中午早点回来。时过 12 点，杜润梅

妻子杜润梅展示李培斌的十八大出席证

就给他打电话，催他回家。李培斌说，有一起纠纷，需要马上处理，别等他了，晚上早点回去。可到了晚上，杜润梅左等右等，只等来了他的电话，李培斌说，处理纠纷后，领导又通知他接待几个特殊上访人员。

李培斌去世前一个月涨了工资，他非常高兴，跟杜润梅说，把耳环找出来，再贴一些钱给她换个大一点的金戒指。杜润梅笑着说，有金耳环就满足了，不要再花钱了。

没能陪杜润梅过结婚纪念日，李培斌总觉得对不住妻子，就始终惦记着给她换个金戒指，他催杜润梅，但杜润梅却没太当回事。李培斌突然去世后，杜润梅很后悔，后悔没有让他了结给自己换金戒指的心愿。

没有报销的发票

李培斌去世后，单位同事和家人整理出了一大堆发票，这些发票都是李培斌出公差没有报销的票。

发票有放在家里的，有放在办公室的，有北京的、太原的、阳高的，有油票、车票、住宿票，最新的是 2015 年的，旧的还有 2007 年的。

李培斌工作忙，本地的事他要管，外地事找上门来他也管，外出公务也比较多。阳高是贫困县，办公经费很紧缺，李培斌生怕花错一分钱，舍不得花办公经费，他自己出差的费用，也常常忘了报销。2014 年夏天的一天，李培斌开会回来，给信访服务中心会计捎回一份文件。他从

李培斌生前未报销的发票

包中取文件时，散落出来两张折叠的纸。会计打开一看，原来是一个多月前李培斌去市里开会时的大巴发票。

李培斌笑着说："工作忙的，忘记报了，再说也没多少钱，让国家给报销，总觉得拿心。"

会计摇摇头，说："公家的事，你怎么总自己掏腰包呢，傻不傻啊，我不提醒你就不知道报销，你得贴补进去多少钱啊？再说你有没钱我还不知道？"

李培斌憨憨一笑："你知道我穷，但也应该知道单位钱也不多，办公费得省着点花，省下钱来多办事。"

"天下至德，莫大乎忠。"一个人的脊梁，不是骨头，而是精神；一个组织的脊梁，不是武器，而是信仰。西汉时期的苏武，北海牧羊十九年，忍辱负重，始终手持大汉节杖，不离不弃。后来，迎回中原时，手中的节杖几乎成了一根光秃秃的竹竿。这样的忠，不是痴，不是愚，而是大美之德。

李培斌参加党的十八届三中全会

第三章

回声嘹亮

　　云水过往，风烟俱净，天地间高耸
起一尊雕像；心有定力，鞠躬尽瘁，脊梁
上托举忠诚与信仰。和风细雨般的诉说，
回声嘹亮！

苦不可怕，穷也不丢人，当了共产党的干部，给共产党丢人才可怕，不给老百姓办事才丢人！

——李培斌

群众利益无小事，小事不理成大事。家里的事再大，也大不过老百姓的需要。看到面带愁云的老百姓满意而去，我感到特别幸福！

——李培斌

心中有爱，是人生最美的风景。为老百姓办事，除了爱心、热心、诚心，我想更需要的还是真心！

——李培斌

不管人民的事，就是失职，就是耻辱。困难不怕，再硬的骨头也要啃；人心都是肉长的，就是块石头也要把它焐热！

——李培斌

只要活得充实，活得踏实，苦点累点不算啥。我随时可能累倒。不管倒在哪里，都不要给组织添麻烦，也不要给别人添麻烦！

——李培斌

培斌见了我总是谈工作，从来不提家里和个人的事。我们都知道他是个有能力的人，却想不到他的生活一直十分困难。

　　　　　　　　　　　　　　　　　　——老领导高桂德

　　阳高县科教局局长高桂德，曾是与李培斌工作关系最为密切的领导之一。2003年，高桂德任马家皂乡党委书记时，李培斌已在司法所工作。那时，他已崭露司法调解特长，许多矛盾眼看走进死胡同，他却能认真地解开扣。

　　2006年，高桂德到县城所在的龙泉镇任党委书记，不久，即提出把李培斌调到龙泉司法所任所长，他对县领导说："龙泉镇占全县总人口的三分之一，龙泉稳则阳高安，他到这里能发挥更大作用。"

　　到龙泉镇后，李培斌的工作量陡然增加，除司法所的工作外，县里的一些信访积案有时也压下来，各个部门有了难缠事情，即使不在职责范围内，也找李培斌帮助解决。对此，培斌没有畏难，他以极大的热情投入其中，且每每不辱使命。

　　是培斌有什么神奇之处吗？也不是，他只是付出了更多的勤勉与耐心。高桂德说，有的纠纷调处，一次、两次根本没有效果，培斌就一而再，再而三地做工作，磨破嘴，跑细腿，最终实现案息事了。

　　2014年8月，古城镇下娘城村农民邵日联打工受重伤，法院判决后却遇到执行难，家人无奈找到李培斌，李培斌先后三次到内蒙古临河，最终为其讨回了四万元工伤补偿款，给了伤者全家一个公道和安慰。

高桂德说："在乡镇工作时，培斌与我打交道最多，但每次见面总是谈工作，案子进展到哪一步了，哪件事情还需要找上级领导协调，而对生活上的困难，却只字不提。我一直不太了解他家里的情况，说来也十分愧疚。"

工作上的事他总是扛在前面，自家的事却处处拿心。其实按培斌在县里的影响力，给老婆解决个一般性工作应该没有问题，但他始终没有向哪个领导张过口，培斌也从未向组织申请过临时住房，他不愿意给领导添麻烦，更不愿意让别人说三道四。

李培斌去世后，高桂德含泪写下一首长诗《培斌，我想对你说》：

培斌，我想对你说：

你怎能这样就走了！

你能丢得下你那年近八旬的老母？

你能丢得下你那朝夕相处、相濡以沫的妻子？

你能丢得下你那刚刚结婚还未回门的女儿？

你能丢得下你那刚上高一的儿子？

你知不知道？

家里的大事小事还等着你去拿主意！

培斌，我想对你说：

在你倒下的当天上午，我火速赶去看你，

你听到听不到，我连续高声呼喊你的名字？

你能不能感觉到，我用力拍打着你的身体？

你怎舍得丢下你相处十五年的领导、挚友、兄弟？

我宁愿你得了重病，哪怕动了手术，我也能去看望你、问候你！

但你就这样走了，

你知不知道？

我还有好多知心话想跟你当面谈叙！

培斌，我想对你说：

你怎能这样就走了！

你不是十月底要参加省里的表彰会吗？

你不是还要调解诸多事情吗？

你不是说书记和你谈话准备提拔重用你让你更好地去做信访工作吗？

你知不知道？

阳高的老百姓不是在盼着你、等着你为他们破解难题吗？

县里的许多急事难事还在等着你去化解？

培斌，我想对你说：

你怎能这样就走了！

你能丢得下相处多年的领导、同志、好兄弟吗？

而你，却就这样一声不响地走了！

你知不知道？

你多少上级领导为你的英年早逝而扼腕叹息!

培斌,我想对你说:

你知道吗? 你走后,许多领导做出批示:向你学习!

你知道吗? 你走后,各级领导都去看你,去慰问你的家属。

你知道吗? 你走后,你的好友们为你发文悼念,表达哀思。

你知道吗? 你走后,全县多少父老乡亲都为你感到无比
沉痛和惋惜。

培斌,我想对你说:

你怎舍得丢下你那辛苦打拼换来的荣誉?

你一生最珍爱的就是荣誉!

这也是你心中最大的财富。

你怎舍得你十八大代表的身份?

你怎舍得全省十佳创先争优标兵称号?

你怎舍得全省五一劳动奖章的殊荣?

你怎舍得全国模范司法所长的称号?

……

培斌,我想对你说:

你这辈子太清苦了!

你两袖清风、一身正气!

你把荣誉看得比生命都珍贵,而从未考虑过自己的一点

113

私利。

　　参加工作三十载，你从不想着为自己买房置地，

　　多少年你一直租房子溜房檐，

　　当身边的人们早已住上楼房时，

　　你直到前几年才盖起三间瓦房，却无福长住！

　　多少年你一直骑着自行车奔波于城乡，

　　前几年上级为你配备了摩托车，

　　最近组织为你配了一辆汽车，你使用时间不长却已离去。

　　你用微薄的工资供养着一家人，

　　再紧再难也没向组织伸过一次手，一厚沓发票却留在家里！

　　培斌，我想对你说：

　　你这辈子太忙碌了，

　　为了社会和谐，你日夜不停地在调解，真叫马不停蹄。

　　教育有事找你、医院有事找你、社区有事还找你……

　　你不知磨了多少嘴皮、跑了多少道路、出入了多少家庭。

　　多少矛盾家庭经你的调解而重归于好，

　　多少失足青年因你的教导而改邪归正，

　　你总是不分贫富、不论贵贱、不问公私，

　　所有人你都以诚相待，有难必帮，有求就伸出你那厚实

的手！

　　培斌，我想对你说：

你这一走太突然了！

生活中，再也看不见你高大敦厚的身躯，

平日里，再也听不到你洪亮动听的声音，

彷徨时，再也得不到你坚如磐石的支持……

你走了，你给全县乃至全市全省造成莫大的损失！

你走了，你给全县惠泽过的父老乡亲留下无尽的哀思！

你走了，你给你身边的战友兄弟带来绞心的痛苦！

你走了，你给我们心中留下永久的空白和遗憾！

培斌，我想对你说：

你不是铁人，你虽强壮如牛，不知疲倦。

但高强度、超负荷运转，最终使精密的仪器损坏！

你不是英雄，但你所做的一切已深深扎根在干部群众心里！

你不是完人，但忠诚、干净、担当用在你身上无可非议！

你不是伟人，但你善良正直、高尚厚道的人格却永远受
人敬仰！

培斌，我想对你说：

你的人生就像流星划破夜空，

虽然短暂，但光芒一样辉煌璀璨！

你虽走了，但你的精神将谱成诗篇、铸就丰碑，

永远回荡在人们的心田！

你虽走了，但你的英名将化为山川、汇成河流，

115

永远矗立在广袤的阳高大地！

师傅对老百姓充满感情，收入不高却经常接济困难群众。

他没有给我物质上的帮助，但我打心底敬重他的为人。

——徒弟鲁学虎

在徒弟鲁学虎眼中，李培斌是个充满正义感且爱管"闲事"的人。有一年夏天，一位在县里还算有头脸的人开车在街上撞了人家东西，下来看了一眼，二话没说扭头开车走了。这事恰好被李培斌碰上了，他非常气愤，决心为满肚委屈的受害人讨个公道。他三番五次上门找到肇事者，陈以利害，据理力争，最终让那人道了歉、赔了钱。

李培斌说："善人要善对，恶人也要善待。但不管好赖，人心都是肉长的，他就是块石头我也要把他焐热了。"

李培斌对老百姓有感情，面对那些陷入窘境的群众，他总是安慰道："你放心，党和政府不会不管你的。"这是一句责任之语，更是一句承诺之言。诺言的背后，是他对事业的赤诚和对群众的真情，是他日复一日、年复一年的付出与坚守。

李培斌说："群众往往是在最无助、最无奈的时候才找到我们，我们要对得住这份信任。"他任县信访服务中心主任后，司法所里上午一般都是小鲁值班，他不止一次安顿小鲁："来司法所找咱的人，不是背着气，就是带着怨，不管是谁，都要热情接待，让他们带气而来，带笑而归。"

小鲁是 2013 年来司法所当内勤兼司机的。当时，二十六岁的他没找到好工作，提出跟培斌干，心里原本打着小九九：师傅带个"长"字，又是远近闻名的能耐人，跟着他干活，就算成不了正式工，经营点人际关系、办点事情啥的，应该没有问题。

但实际上，好几年了，小鲁从没得到啥实惠。小鲁说："师傅挣钱不多，有时出门办事，连加油的钱也掏不出来。他自己尚且如此，更谈不上关照我了。但我打心底里佩服他，敬重他的为人。"

在后来的演讲报告中，鲁学虎称李培斌为师傅，称他是心中不灭的灯：

　　2012 年冬日的一天，我哥说，十八大代表李培斌租了他的南房。我久仰李培斌大名，自己又是法律专业毕业的，当时没有什么理想的工作，心里一下萌生了跟李所长干的念头。

　　当我向师傅说明来意后，他沉思了好一会儿，问了我三个问题：

　　没有工资，你干不干？我说，干！

　　没有休息天，你干不干？我说，干！

　　调解工作麻烦，你干不干？我说，干！

　　其实，当时我的真实想法是，李所长说没有工资是开玩笑试探我；至于说没有休息日，也不至于那么忙吧；麻烦事多，也无所谓，正好跟上他多学习学习。更主要的原因是，他是十八大代表，省市县认识的领导多，将来干好了也许沾他的光能谋个好前程。

从那时起，我便跟着师傅干起了调解工作。可出乎意料的是，师傅确实没有能力给我发工资，每个月也就是以案定补给我三百到六百块钱的补助；跟着师傅确实很忙很苦很累，我也曾几次萌生退意，可师傅的党性光芒、师傅的人格磁场却时时照耀着我、吸引着我，让我欲罢不能。三年间，师傅手把手地教我做人，手把手地教我做事，他为党为人民无私无我的精神成了我永远的指路明灯。

记得我跟师傅工作的第一天，师傅就对我说，要干好这一行，必须记住四句话：

第一句话：业务要精通，工作靠勤快。在他的办公桌上、炕头上、公文包里、摩托车挂兜里，总是放着各种有关书籍，有时间便翻阅。他自己学了以后，还要考我，和我交流探讨。师傅有个习惯，案件不论大小，每一件都要在工作记录本上仔细写明。谁来找，有啥事，想咋办，该找谁，咋答复，他都会一一填写完整，从不遗漏。

第二句话：对人要热情，为民要真诚。上班的第一周，师傅就狠狠地训了我两回。第一回是到司法所上班的第一天下午，碰巧有位大嫂，因她母亲想住养老院的事前来咨询。师傅当时正在里屋和别人谈话，我一听这事应该归民政部门管，就告诉她："这事不归我们管，你去找民政局吧。"当这位大嫂边向外走边失望地说"这民政局在哪儿呀？"时，师傅从里间快步追了出去，又将大嫂叫回来。师傅倒了杯水，让大嫂坐下，详细询问了相关情况，当下就给县民政局打电话进行了沟通，然后又让我骑着摩托车将大嫂送到了民政局。回到司法所，他绷着脸郑重其事地对我说："小鲁，来所里找咱的人，不管身份高低，不管贫富贵贱，都要热接热待。你记着，咱们这是为党工作，为群众服务。来者必应、笑脸相迎，走者必送、满意顺心，这是我们工作最起码的要求。"第二回是上班的第四天上午，他外出开会，我在所里值班，龙泉镇李官屯村七十多岁的李三女来了，我赶紧让座倒水，并登记了情况，然后让老人回家了。中午临近下班时，师傅回来查阅接待记录。本想会受到师傅的表扬，可万万没想到，当他听说我让老人独自走着回家后，板起脸问我："李大娘腿脚不便，来一趟不容易，你为什么不把老人送到公交车上？"我当时觉得特委屈，正要反驳，师傅却不容分说，骑上摩托车带着我就去了李官屯村。路过村口的小卖部时，他又下去给老人买了两个水果罐头。回来的路上，他语重心长地和我讲："咱们都是农村出生，你应该知道，老百姓没事是不会随便走进公家单位遛弯儿的，所以说咱们要热情周到。"从那以后，不管师傅在不在，只要是年长的老人，或者是因身体残疾行动不便者，走的时候我都会主动送他们坐上公交车。现在师傅不在了，有时下村调解，我也会买上几斤水果或几个罐头，走进当事人家中。

第三句话，调解要上心，不怕苦和累。师傅对调解纠纷的上心与执着，是外人难以理解的。师傅的繁忙，也是外人难以想象的。调处有的纠纷，一两次根本没效果，往往十几次、几十次地做工作，磨破嘴、跑细腿，受饥寒、遭白眼，他都无所谓。他总是说，自己是一名党员，千苦万苦不算苦，千难万难不怕难。我跟师傅这三年里，真的没有安安稳稳过过一个节假日，从早上7点半忙到星星点灯，几乎天天如此。自从有手机后，师傅的手机号十几年来从未变过，一天二十四小时从不关机。师娘常无奈地说："他刚回家，电话就响，刚上炕，就下炕，才端起饭，又撂下碗，呼噜声刚响，忽的一下就起，这些我习惯了。"有次我实在忍不下去了，就劝师傅下班后能不能把手机关了，他拍着我的肩，笑了笑说："其实很多时候半夜出去，怕影响你休息，我还舍不得叫你呢。手机嘛，你可以关，我不行，我是党员，我承诺过，随叫随到！"

第四句话：做人要干净，办事讲规矩。师傅一生守着一个党员应有的规矩，对自己要求非常严格。他调解过千余起纠纷，从不偏袒任何一方，也从没为自己谋过一点私利，更没拿过被调解人一分钱财。很多人都想，一个国家工作人员，堂堂的十八大代表，生活应该比较宽裕，但实际上师傅的生活很是清贫。他家里最值钱的家具，就是在女儿出嫁时，总共花了两千六百元，买的一张床和一张三人简易沙发。我说的也许大家难以相信，师傅家里盛饭用的铁勺子，勺头磨得只有半个了，现在还在用。他一生中穿的最贵的衣服，就是去年他女儿出嫁前，我和他到裁缝店花了六百元做的一身西服。就是这样的生活，师傅师娘也不觉得苦，他们说，稀粥拿糕吃饱了和饺子一样，衣服再好也就是保暖防寒。工作中，师傅更是从不铺张浪费。师傅的工作车，头十五年多是自行车，后十五年多是摩托车。那辆旧摩托时间长了，后来只有他能发动着。我觉得奇怪，就问他，师傅拍着旧摩托呵呵一笑说，它和我熟，有感情。当选十八大代表后，省司法厅考虑他工作繁忙，给司法所配了一辆朗逸轿车。师傅不会开，我就成了他的兼职司机。但他除了跑远路外，很少使用，多数时候还是骑着那辆旧摩托车。有时外出调解，碰上雨雪天，天冷风大，我想开小车，他总是和我讲：汽车比摩托车费油，再说啦咱是帮群众解决问题去了，开着小汽车与老百姓见面，显得有距离了。就这样三年了，这辆车他没用过几次。他的家人更没有在汽车上沾过一点光。师娘坐过唯一的一次，就是我带着她去大同见师傅最后一面和她捧着师傅的骨灰回家。现在，我只要一见到这辆车，就会想起师傅坐在车上的样子。我开着车，师傅坐在后面，我给他放上一段他最爱听的晋剧，他笑眯眯地合上眼睛，没到五分钟，后座就响起了呼噜声……这呼噜声与晋剧的混合，如今再也听不到了，师傅就这样带着大家对他的不舍和思念匆匆地走了。

　　这么多年家里生活一直很紧张，培斌思想上也有压力，但他注定是个不一样的人，我相信这辈子没有跟错他。

——妻子杜润梅

妻子杜润梅与李培斌是中学同学。情窦初开的年龄里，身形高大、开朗热心的李培斌走进了杜润梅心里："将来嫁人，就嫁这样的人。"

如愿牵手的喜悦之后，却是日子捉襟见肘的尴尬与艰辛。杜润梅说："结婚这么多年，家里日子一直不太宽裕，培斌的思想上也很有压力。其实家里也不是没机会改变经济状况，矿上红火那几年，曾有一个老板提出让培斌去帮忙，说了几次，他也没有动心。"

2013年兼任阳高县信访服务中心主任后，培斌的工作担子更重了，也更劳累了，有时回家刚扒拉一口饭，电话就响了；有时中午或半夜刚躺下，又被叫出去。矛盾和问题的发生不讲时间，老百姓也没有上下班的概念，培斌的生活也就跟着失去规律，家里几天不见人影是常有的事。

杜润梅说："结婚这么多年，面对生活的艰辛，我有过抱怨，却从不后悔，培斌注定是个不一样的人，我相信这辈子没有跟错他。"

回想我和培斌这三十年，就是八个字：忙碌、劳累、清苦、快乐！培斌离开有些日子，我哭着，想着，和培斌一起生活的点点滴滴历历在目。

我们结婚后，娘家人多次问过我：跟着培斌过苦日子，你不后悔？后来，跟我关系要好的姐妹们知道培斌经常不着家，也开玩笑问我：嫁给培斌后悔不？今天我最想说的一句话就是：嫁给培斌，我不后悔！培斌穷，可他穷得有骨气；培斌忙，可他忙得是正事；生活苦，可我们的感情是甜的；

培斌没有显赫的地位，可他有好名声，乡亲们说他是个好党员。嫁给培斌，我永远都不后悔！

1985年，我和培斌结婚。培斌身材魁梧，浓眉大眼，对人热情，村里人都说我找了个好女婿。当时，他在友宰乡当农技员，我在十几里远的学校当代课老师。结婚时我们买了一辆自行车，培斌每周一早早起来，用自行车把我送到学校，周末再把我接回来。只要有时间，他就帮我做饭、做家务。培斌对我是又疼又爱，我每天都沉浸在爱人呵护的甜蜜中。我和培斌生活的三十年零三个月，我尽情享受丈夫的疼爱就是刚结婚的三年半。自从培斌调到马家皂乡当了司法助理员，工作就忙了起来，没有了风花雪月，没有了卿卿我我。

马家皂乡有十一个村，最远的村离马家皂有二十多里地。各个村时常有一些矛盾纠纷，培斌就骑着我们结婚时买的自行车下村调解。春、夏、秋三季，村民们农活忙，半上午半下午家里没人，很多时候培斌都是中午、傍晚下村。夏天的中午热得要命，培斌回到家中是又渴又累；冬天遇到迎面呛风再加上爬坡路，一遭跑下来，回到家时贴身穿的棉背心，我们当地人叫"棉腰"，就被汗水湿透了，一个冬天下来，"棉腰"外面是白白的汗碱印子。

乡亲们憨厚，好打交道，和我们相处也不客气，只要有麻烦事，也不管是清晨、中午还是晚上，推开门就进到了我们家里。我们家，成了名副其实的调解所。有一天一大早，我们刚要吃饭，有一位老人家哭着进来了，说儿子儿媳不孝顺。

培斌劝，我也跟着劝，等老人走了，饭已经凉了。记得有年冬天，我们已经睡着了，半夜被敲门声惊醒。村里的一对小夫妻吵嘴，媳妇半夜跑了，婆婆怎么拉也拉不住，急着就来找培斌。培斌一听说，立马推上自行车出了门。两个多小时后，培斌回来了，冻得瑟瑟发抖。我给他倒了一碗热水，他一边蹲在火炉前烤火，一边对我说，一直追了好远才追上，冷冬寒天的，就在野地劝说，好说歹说，劝了好大工夫才把小媳妇劝回家。

尤其是到了龙泉镇工作后，培斌身兼数职，更是忙得没日没夜。培斌向群众承诺，手机二十四小时不关机。常常是刚端起饭碗，电话响了，培斌放下饭碗就走；刚刚睡下，电话又响了，培斌起来就走。有时，半夜梦中被突然响起的手机声惊醒，我心慌得好长时间睡不着。

虽说是每天忙着累着我们却活得很充实，嫁给培斌我不后悔。培斌忙，换来了乡亲们的幸福；培斌累，换来了乡村的和谐；培斌苦，换来了乡亲们对他的信任和对党的感情。

去世前几年，培斌夜里回家后就不由自主地经常呻吟，说身上不舒服，让我给他打火罐，刮背。打了火罐，刮了痧，培斌就稳稳当当打起了呼噜。第二天早晨起来，把制服一穿，又精神头儿十足地出了门。我也没多想，更没往坏处想。

培斌最苦的不是忙碌、劳累，而是心里苦。心里苦，一是生活上的。他父亲、母亲好几次住院，培斌白天忙，都是我陪床。到了晚上，他怕我累着，自己再忙再累，也要坚持陪床。他陪在床边直打瞌睡，父母还唠叨他，说他一白天不见人影，责怪他不孝顺，他自己也觉得愧对父母。他这个人就是这样，到群众跟前过不去，到父母跟前过不去，到孩子跟前过不去，到妻子跟前过不去，就是到自己跟前过得去。有一次父亲住院期间，半夜培斌痛风病犯了，回家又怕影响我休息，强挨到早上5点，回家取药。我说，你睡上一会儿，我去医院陪老人。后来，喝了药，疼痛减轻了，培斌略微迷糊了一会儿，到了上班时间，又去了单位。培斌去世后，好几次我梦见他靠在我的肩膀上和我说，好累，想休息休息。梦醒了，泪水打湿了枕头，我好后悔，后悔只顾着照顾老人，照顾孩子，没有更多关心他的身体。培斌心里苦，更多的是工作上的。调解不比说媒，没有热接热待，没有好茶好酒，更多的是冷言恶语，甚至是侮辱谩骂。当事双方各说各有理，出钱的不想出，要钱的想多要，都怪怨培斌偏袒对方。

　　结婚多年后他一直称我"老人儿"。回到家里，只要他笑嘻嘻地说：老人儿，今儿个做出啥好饭了？我就知道他今天工作顺利，我的心情也就舒畅。只要他回家后板着一张脸，不言不语，我就知道他今天调解不成功或是窝火受气了，就嘱咐孩子好好表现。常常是孩子犯了错，他舍不得骂孩子，就把矛头指向我，怪我没管教好。我也不和他争辩，由着他发火。过后，培斌又向我道歉。

　　培斌心中，工作是第一位的。忙，是为了工作；累是为了工作；喜怒哀乐，也是因为工作。他心里装满了群众，唯独没有他自己；心里装满了党的事业，唯独忘记了健康。

培斌是个特别孝顺的儿子，父亲下世了，母亲住在村里不方便，好不容易有了自己宽敞的房子，我们就把老人接到家里来住。母亲住东屋，孩子住西屋，他和我住小南房。他乐呵呵地说，这下子好了，再也不会因为我半夜回半夜走的影响老人休息和孩子学习了。

　　小南房盘了一条小炕，尺寸不够，而培斌身材又高，睡在炕上只能蜷曲着身子，有时睡着了不知不觉伸展开身子，脚就悬在炕沿外边。每当看到这种情景，我就鼻子一酸，止不住想流泪，可他总是笑着说，有这么一条炕能甜甜美美睡一觉，我就很满意了。

　　如今，培斌走了，小南房空了。人去屋空，留给我的是无尽的伤心。我后悔不该埋怨培斌半夜走半夜回，我后悔不该由着他住进小南房。培斌走后，我不敢走进小南房，好几次走到门口又缩了回来。培斌用过的被褥还原样放着，我总想着他还要回来。每当夜晚，我独自坐在窗户边，竖起耳朵，静静地听着外面的动静，总想着过一会儿培斌就回来了，他现在正忙着。有时，外面好像有脚步声，我连忙出屋去开大门。可外面什么都没有，只有满天的星星，只有寒风从耳边刮过，只有冷，冷得我浑身哆嗦，没有培斌，没有我等着盼着回家的人。

　　嫁给培斌我不后悔，我们拥有别人家很难拥有的财富。这财富，比黄金更耀眼，比别墅豪车更贵重，它是培斌对党和人民深厚感情的结晶。

培斌走了，留给我的是无尽的怀念，总想着和他三十年来那些共渡艰难、互相疼爱的日子，那些相濡以沫、快快乐乐的日子。对妻子，他是有情有义的好丈夫；对群众，他是有情有义的好党员！我为他骄傲，我为他自豪！嫁给培斌，我，不——后——悔！

培斌平易近人，朴实无华，一点架子也没有。他把赤诚的心掏给群众，群众也报以一颗颗滚烫的心。

——好友高建英

"培斌收入微薄，但他借钱也要接济群众。"好友高建英说。

几个月前，培斌的工资才涨到四千零二十三元。他的工资一直由妻子管着，这是全家生活的依靠。但他心里经常牵挂着困难群众，过年过节总要去他们家里坐一坐，看看灶前有没有柴，缸里缺不缺米，临走时还要掏点钱塞到他们手里，少则五十元，多则一二百元，每年为此支出两三千元。不好意思和妻子要，就跟要好的朋友借，再用买衣服、吃饭省下来的钱还。

在阳高，老百姓都说培斌人好，即使问题没有完全解决，那份热心肠也让人感动。在龙泉，甚至更远的地方，老百姓有点好吃的，总想送给他。几块新炸的油豆腐，几根新摘的嫩黄瓜，表达着真诚的情意。有了喜事，小孩升学了，甚至牛羊生崽了，也会想着告诉他。李培斌把赤诚的心掏给了群众，群众也报以一颗颗滚烫的心。

高建英向人们深情地讲述了她和李培斌相识相交的过程：

　　1990 年的年底，我正在休产假，带着四个月大的女儿住在定安营的妈家。当时李培斌正在我们村里下乡蹲点。那时的下乡干部，还是在老乡家里吃派饭。一天，大队干部过来通知妈妈，轮到我们家给做饭了，希望做个三五天。爹和妈都感到荣幸，高兴地答应了。我爹说，见过这个年轻干部了，是本地人，很平易近人，很朴实，一点架子也没有，来了咱村尽给解决实际问题，没人说赖。

　　那天早晨，我们早早起来，收拾家，做饭。我女儿也早醒来了，被母亲用一块儿小被子围在炕头上。那么小的小人儿坐着，睁着大眼睛，左看右看，又可爱又好笑。母亲做了小米粥，熬了菜，爹去叫培斌吃饭。

　　我从窗户看见培斌进来了，高大宽阔的身躯，浓眉大眼、平头，穿一身蓝衣服，朴素得像个农民。进了门，他一眼看见炕头上围着个小孩，就笑了。母亲要他赶快上炕，他搓着双手说，等等，看冷气扇着孩子。暖过来后，他上了炕，开始吃饭，和父母拉家常。我女儿很逗，见了陌生人什么也不顾了，就那么一直盯着人家看，那眼神好像要把人家看穿一样。大约看累了，还长长舒了一口气，把我们都逗笑了。培斌也就说起他自己的女儿，满脸幸福的样子。

　　第二天，我闺女便认识了他，见他进门就冲着他笑。他就上炕，大手一张，小心地把她抱了起来，动作舒服自然。

妈妈说："这孩子，生人一抱就哭，还哭个没完。看来今天认得你了，看那高兴的。"抱了一会儿，要吃饭了，我爹接过女儿，这孩子仔细看看姥爷，竟然不同意，撇着嘴就要哭。培斌只好把她接过去，她又笑了。我早就不好意思了，怎么能耽误培斌吃饭，人家可是个下乡干部。记得小时候，只要下乡干部在家里吃派饭，我们都很怕，吃饭不上桌子，躲得远远的呢。于是我赶紧上炕把女儿接过来。她还要扭头看他，逗得我们都笑了。

后来的几天我女儿好像就等着他进门似的，每天都瞅着门，他一进来，就冲着他笑。培斌也总要逗逗她或抱抱她。

初为人母的我，把自己的女儿视若珍宝。而培斌，竟然那么慈爱地捧过她，抱过她，看过她，笑过她。我的心里是多么的感激。我相信他一定也是个好丈夫、好爸爸。

我爹妈总是说，这个下乡干部，那么亲切和善，年纪轻轻的，又稳重，又会说，是老百姓的好官，将来肯定能转正。

短短的几天，我们和他就这样认识了，惯了。什么时候见面也要互相问询几句，几十年来，都是如此。

后来，培斌来到城关镇工作，我带着学生去教委参加比赛，又在这里见到他。再后来我爹也住到了阳高县城。现在两家住得不远，他每天回家都得走我爹门前的大巷，他们每次见面都要拉呱几句，就是忙，也要点个头，招呼一下。爹听说他当了十八大代表后，觉得理所当然。每天守在电视跟前，就等着看他。我还给爹从电脑上搜了李培斌的视频，他看得很认真。爹还嫌国家给他的官小，说他能干更大的事儿，当他得知培斌离去的消息后，爹一直咂嘴惋惜，好几天，见了谁都谈李培斌的好。

大约是前年吧，我爹房后面的两家人因为后墙潮湿的问题，打打闹闹，互相谩骂，矛盾不止。后来不知怎么就找到了培斌，他好几次过来进行调解。每次他过来，都有好多人围观。有一次，我也正好碰上了，也就停下脚步，走过去看他。只见他和气地站在那里，认真地倾听着一方的诉说，还不停地在本上记着。那个人说着说着就激愤起来，要骂人，培斌就按着他的肩要他冷静，慢慢说明原委。然后又随着那人进家去查看。后来又找另一家谈话，调查了附近的居民，最终找到丁根山，给他们彻底解决了此事，两家都歇了心，自此不再记恨。

他不温不火的性子，真诚无私的作风，一字一板的口才，专业的法律知识，高大挺拔的身姿，赢得了周围人们的一致称赞。

培斌活得脚踏实地，活得顶天立地，活得光明磊落，活得亮亮堂堂。他活着时我就跟他说，你呀，就是我们心中的英雄。

——挚友余跃海

县文联主席余跃海曾任乡镇纪检书记，与培斌经常一起下乡，感情甚笃，也一直十分崇拜培斌。有一次，当他到培斌家里时，却十分惊讶，只见租住的屋子昏暗狭小，几根柱子顶住快要塌下的顶棚。此情此景，让余跃海的心难以平静，也更加崇敬培斌。

按说，作为乡干部，常年赁房住，向乡里申请一间临时住房，并不在情理之外，也很容易解决。但李培斌走到哪里都十分"拿心"，从不愿意给组织和别人添任何麻烦。

李培斌从不铺张浪费，工作始终能省则省，坚持少花钱、多办事，他还经常要求身边的同志严于律己，不要胡支乱花、贪图享受。当选党的十八大代表后，他还是和原来一样，看不出有一点儿骄傲自满的样子，工作上更加勤奋了，待人更加和蔼可亲了。参加完党的十八大会议后，他更感到肩上责任的重大。他风尘仆仆回来，没有回家歇息一下，没有向妻儿和年迈的母亲讲述一下自己的所见所闻，而是直接回到单位，一边接着处理案头的工作，一边准备一场又一场的报告会、汇报会。宣传党的十八大精神是他不可推卸的责任和使命。他没有休息天，没有业余时间，实实在在是一个"工作狂"。

培斌去世后，余跃海万分悲痛。痛失挚友的他难过得几天吃不下饭，睡不着觉。他含泪写下一首诗《天堂的邀请》，长歌当哭，作为对培斌最好的送别：

知道你的人都说你不赖，

了解你的人都说你实在。

坦荡无私，

真诚正派，

你的品格赢得人们赞美。

受你帮助的人你都说应该，
靠你扶持的人你都说无悔。
对党忠诚，
鞠躬尽瘁，
你的生命短暂却很精彩！

常言说，
好人长在，
可为什么你却匆匆离开？
俗语讲，
好人终能得实惠，
可为什么你没带走一片云彩？

我悲叹，
你的生命竟如此脆弱，
脆弱到转眼间就不复存在；
我惋惜，
你的生命竟如此短暂，
短暂得像流星划过天陲！

我猜想，

一定是天堂有了纷争不平，

急着邀请你去调解，

一定是玉皇一将难求，

急着邀请你去跟随。

但，我想说，

党和人民更需要你——

展宏图、酬壮志，有作为；

亲人朋友更需要你——

好丈夫，好朋友，好兄弟！

其实，

无论是谁，

最终也逃不脱死神的青睐。

这本是真理，

也没有什么侥幸存在。

从生命的哲理去思考，

我感到欣慰；

因为

现在你虽倒下，

但精神却在群众心中挺立起来——

为人正直，终身勤快，

办事公道，无私无畏；

你的美德将永远印在我们脑海。

国家级荣誉

1992年9月，中华人民共和国农业部全国农业技术推广总站授予李培斌同志全国农业社会化服务工作"先进工作者"荣誉称号。

2011年9月，中华人民共和国司法部授予李培斌同志"全国模范司法所长"荣誉称号。

2012年8月，光荣当选中国共产党第十八届全国人民代表大会代表。

2012年8月，中华人民共和国司法部授予李培斌同志"全国人民调解能手"荣誉称号。

2012年12月，荣获CCTV2012年度法治人物"年度特别贡献奖"。

2015年11月，中华人民共和国司法部追授李培斌同志"全国司法行政系统一级英模"荣誉称号，并做出向李培斌学习的决定。

2016年1月，当选《法制日报》"2015年度十大法治人物"。

2016年2月，中国共产党中央委员会组织部追授李培斌"全国优秀共产党员"荣誉称号。

2016年3月，中国共产党中央委员会宣传部追授李培斌"时代楷模"荣誉称号。

省级荣誉

1990年12月，山西省农业技术推广站因李培斌同志在一九九〇年农业技术推广中成绩显著，特颁发荣誉证书，予以表彰。

1993年5月，山西省科学技术委员会因李培斌同志在我省农村技术承包工作"'高优高'农业工程结构模式示范推广"项目中做出的显著成绩，颁发荣誉证书，特予表彰。

1994年3月，山西省农业技术推广站授予李培斌同志"一九九三年度农业推广体系建设先进工作者"荣誉称号。

1994年12月，山西省科学技术协会授予李培斌同志"一九九四年度农村科普工作先进工作者"荣誉称号。

1996年9月，山西农业广播电视学校授予李培斌同志"优秀学员"荣誉称号。

1999年10月，山西省科学技术协会、中共山西省委农村工作委员会授予李培斌同志"山西省农村专业技术协会优秀会员"荣誉称号。

2000年5月，山西省科学技术协会因李培斌同志在创建全省科技工作先进乡（镇）工作中做出的突出贡献，特颁发荣誉证书，以资鼓励。

2003年9月，山西省司法厅授予李培斌同志"山西司法行政系统人民调解工作先进工作者"荣誉称号。

2005年11月，山西省司法厅授予李培斌同志"全省司法行政系统先进司法所长"荣誉称号。

2007年2月，山西省司法厅授予李培斌同志"十佳人民调解员"荣誉称号。

2007年12月，山西省司法厅授予李培斌同志"全省司法行政思想政治工作先进个人"荣誉称号。

2009年11月，山西省司法厅授予李培斌同志"全省司法行政系统'百优'先进个人"荣誉称号。

2010年1月，山西省司法厅授予李培斌同志"全省司法行政系统国庆安全保卫工作先进个人"荣誉称号。

2011年4月，山西省劳动竞赛委员会授予李培斌同志"山西省五一劳动奖章"获得者荣誉称号。

2011年4月，山西省劳动竞赛委员会授予李培斌同志"山西省十佳争先创优标兵"荣誉称号。

2011年6月，中共山西省委授予李培斌同志"优秀共产党员"荣誉称号。

2012年1月，山西省劳动竞赛委员会授予李培斌同志"山西省五一劳动奖章"获得者荣誉称号。

2012年1月，中共山西省委政法委员会授予李培斌同志"山西省杰出政法干警"荣誉称号。

2012年5月，山西省司法厅授予李培斌同志"全省优秀人民调解能手"荣誉称号。

2013年1月，山西省司法厅授予李培斌同志"全省司法行政系统践行政法干警核心价值观优秀干警"荣誉称号。

2014年9月，山西省司法厅精神文明建设委员会授予李培斌同志的家庭"山西省司法行政系统十佳文明和谐家庭"荣誉称号。

2016年1月，李培斌被评为2015年"感动山西"十大人物。

市级荣誉

1991年2月，山西省雁北地区科学技术协会、雁北科技报社授予李培斌同志"一九九一年度雁北科技报发行先进工作者"荣誉称号。

1991年3月，雁北行署农牧局对李培斌同志在一九九〇年度农技推广工作中显著成绩颁发荣誉证书。

1992年2月，雁北地区科学技术协会授予李培斌同志"一九九一年度ABT生根粉研究与推广应用工作新技术推广普及先进工作者"称号。

1992年12月，雁北地区行政公署因李培斌同志在推动我区开发农业科技"吨粮田技术"项目中做出的显著成绩，授予三等奖，颁发荣誉证书，特予表彰。

1992年12月，雁北地区行政公署因李培斌同志在我省农村技术承包工作"'高优高'农业工程结构模式示范推广"项目中做出的显著成绩，授予一等奖，颁发荣誉证书，特予表彰。

1993年3月，雁北地区科学技术协会授予李培斌同志"一九九二年度先进科协工作者"荣誉称号。

1995年4月，大同市科学技术协会授予李培斌同志"一九九四年度农村科普先进工作者"荣誉称号。

1998年2月，大同市司法局授予李培斌同志"全市司法行政系统一九九七年度先进工作者"荣誉称号。

1999年3月，大同市司法局授予李培斌同志"一九九八年度先进工作者"荣誉称号。

2000年4月，大同市司法局授予李培斌同志"一九九九年司法行政工作先进工作者"荣誉称号。

2004 年 2 月，大同市司法局授予李培斌同志"二〇〇三年度司法行政工作先进个人"荣誉称号。

2004 年 10 月，中共大同市委政法委员会、大同市精神文明建设指导委员会办公室、大同市劳动竞赛委员会授予李培斌同志"十佳政法干警"荣誉称号。

2006 年 2 月，中共大同市委、大同市人民政府授予李培斌同志"二〇〇五年度模范人民调解员"荣誉称号。

2007 年 2 月，大同市社会治安综合治理委员会、中共大同市委政法委员会授予李培斌同志"二〇〇六年度全市政法系统先进个人"荣誉称号。

2008 年 2 月，中共大同市委政法委员会授予李培斌同志"二〇〇七年度全市政法工作先进个人"荣誉称号。

2011 年 6 月，中共大同市委政法委员会授予李培斌同志"'发扬传统、坚定信念、执法为民'主题教育实践活动先进个人"荣誉称号。

2011 年 7 月，中共大同市委授予李培斌"十佳共产党员标兵"荣誉称号。

2012 年 5 月，荣膺"感动大同杰出人物"荣誉称号。

2012 年 9 月，大同市司法局授予李培斌同志"全市司法行政系统'社会矛盾化解'先进个人"荣誉称号。

2013 年 2 月，大同市司法局授予李培斌同志"2012 年度司法行政工作特别贡献奖"。

2013 年 4 月，中共大同市委、大同市人民政府授予李培斌同志"全国'两会'期间全市信访维稳工作先进工作者"荣誉称号。

2014年1月，中共大同市委授予李培斌"最美共产党员"荣誉称号。

2015年4月，中共大同市委、大同市人民政府授予李培斌同志"人民满意基层站所长"荣誉称号。

县级荣誉

1995年11月，阳高县人民政府因李培斌同志在绿色证书试点工作中的显著成绩，特颁发荣誉证书，予以表彰。

1997年3月，中共阳高县委授予李培斌同志"科技兴县'十旗十标'标兵党员"荣誉称号。

1997年3月，中共阳高县委员会、阳高县人民政府授予李培斌同志"一九九六年度社会治安综合治理工作先进个人"荣誉称号。

1997年7月，中共阳高县委授予李培斌同志"一九九六至一九九七年度优秀共产党员"荣誉称号。

1997年10月，中共阳高县委、阳高县人民政府因李培斌同志在通油路工作中的显著成绩，特颁发荣誉证书，予以奖励。

1999年3月，中共阳高县委、阳高县人民政府授予李培斌同志"一九九八年度劳动模范"荣誉称号。

2002年，阳高县司法局授予李培斌同志"司法行政工作先进个人"荣誉称号。

2005年4月，阳高县社会治安综合治理委员会授予李培斌同志"全县社会治安综合治理工作先进个人"荣誉称号。

2005年5月，中共阳高县委、阳高县人民政府授予李培斌同志"信访工作先进个人"荣誉称号。

2005 年，阳高县司法局授予李培斌同志"优秀人民调解员"荣誉称号。

2006 年 7 月，中共阳高县委依法治县领导组授予李培斌同志"二〇〇一年至二〇〇五年学法用法先进个人"荣誉称号。

2006 年 7 月，阳高县社会治安综合治理委员会授予李培斌同志"二〇〇五年度社会治安综合治理先进个人"荣誉称号。

2006 年，阳高县司法局授予李培斌同志"优秀人民调解员"荣誉称号。

2007 年，阳高县司法局授予李培斌同志"优秀人民调解员"荣誉称号。

2008 年，阳高县司法局授予李培斌同志"人民调解标兵"荣誉称号。

2009 年 7 月 1 日，中共阳高县委授予李培斌同志"'庆七一迎国庆、科学发展在身边'主题演讲比赛"三等奖。

2009 年 7 月 1 日，中共阳高县委授予李培斌同志"优秀共产党员"荣誉称号。

2009 年，阳高县司法局授予李培斌同志"司法行政工作先进个人"荣誉称号。

2010 年，阳高县司法局授予李培斌同志"司法行政工作先进个人"荣誉称号。

2011 年，阳高县司法局授予李培斌同志"司法行政工作先进个人"荣誉称号。

2011 年 12 月，中共阳高县委、阳高县人民政府授予李培斌同志"二〇〇六年至二〇一〇年全县法制宣传教育先进个人"荣誉称号。

2012年，阳高县司法局授予李培斌同志"司法行政工作先进个人"荣誉称号。

2012年12月，阳高县精神文明建设指导委员会授予李培斌同志"阳高县首届道德模范"荣誉称号。

李培斌走了，留给人们的是无尽的怀念，留给人们的是一座高大的丰碑。他把赤诚的心掏给了群众，群众也报以一颗颗滚烫的心。

李培斌去了，但他的爱永在，精神永在。因为有爱，所以才有了激情和力量，对党忠诚，勇于奉献，甘于吃苦，永不放弃；因为有爱，所以才有了执着追求，才有了为民情怀。他的伟大，是平凡中的伟大，他的高大，是精神境界的高大。

正是有千千万万个像李培斌一样的党员干部默默地奉献在最基层，正是有千千万万个像李培斌一样的党员干部辛勤地奋斗在第一线，才有了这和谐、安宁的社会，才有了繁荣强盛的祖国。

大爱无疆！大爱永恒！